KB272950

럭키 펀치

일러두기

이 책에서 사용된 '럭키(lucky)'라는 표현은 외래어 표기법 규정상 '러키'로 쓰는 것이 올바르나, 작품 속 어감과 리듬을 살리고자 '럭키'로 표기되었음을 알려드립니다.

럭키 펀치

다산책방

차례

풋워크 **십 대를 위한 단기 속성 프로그램** 9

잽 **행운은 어디에** 31

훅 **나만의 리듬** 57

어퍼컷 **언럭키** 87

더킹 **황금 주먹** 111

페인트 **속마음** 135

인파이팅 **뜻밖의 재능** 157

클린치 **제대로 울 줄 아는** 181

크로스 카운터 **처음** 207

스트레이트 **희망=노력** 227

KO **럭키 펀치** 247

작가의 말 264

★ 등장인물 ★

권오늘	안나겸	이유미
"땀 흘리지 않고 거저먹으려고 하는 건 양아치야."	"나도 한번 날렵하게 살면 안 되나?"	"나도 나를 위해 도전이란 걸 해보고 싶어."

데이터에 입각한
평정심을 지닌 INTJ 모범생.
그러나 나겸에게만은
냉정을 유지하기가 어렵다.

만년 다이어터이자
작심삼일의 산증인이지만,
쓰리 걸스를 뭉치게 하는
밝은 에너지와 진심을 보여
주는 재능은 만점이다.

늘 친구들을 먼저 배려하는
쓰리 걸스의 중재자.
복싱을 배우며 처음으로
나를 말하고 싶어진다.

도석환

"네 속도에 맞춰서
내가 같이 뛸게."

피지컬 상위권이 되어
돌아온 나겸의 소꿉친구.
희한한 방식으로 다정함과
유머 사이를 배회한다.

안행운

"우리가 휘두르는
주먹은
다정한 주먹이다!"

학생 할인도 다이어트 프로그램도
없는 럭키 체육관의 이상한 관장.
융통성 없어 보이지만 사실
누구보다 회원들을 챙긴다.

십 대를 위한 단기 속성 프로그램

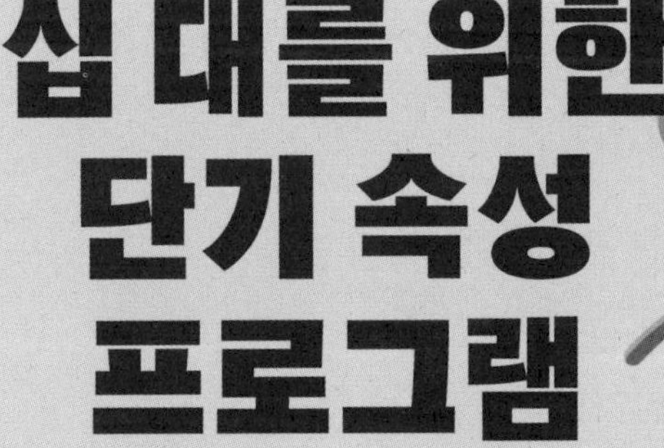

어지럽다. 지구가 돈다는 건 알고 있지만 이렇게까지 빠르게 돌 수가 있나? 넘어지지 않으려고 애써보지만 몸에 힘이 들어가지 않았다.

'어? 망했다.'

내 몸을 끌어당기는 에너지가 순식간에 증발한 기분이었다. 통증을 느끼기도 전에 눈앞의 모든 사물이 흐릿해졌다. 몹시 피곤한 와중에 누군가 내 이름을 불렀다. 아련하게 들려오는 목소리가 마치 자장가같이 느껴졌다.

"안나겸!"

내쉬는 숨 사이로 흙냄새가 정겨웠다. 나른했다. 아무도 날 깨우지 않았으면 좋겠다는 생각이 온몸을 휘감았다.

‘다시 눈을 떴을 땐…… 지금 이 몸이 아니라 아이돌의 몸이 되어 있기를.’

그리고 눈앞이 까맣게 변했다. 쿵.

＊　＊　＊

꿈꾸는 삶이 아름답다지만, 현실은 잔인하고 냉혹하다. 쓰러지면서 빌었던 소원과 달리 보건실에 누워 있는 내 몸뚱이는 쓰러지기 전이나 후에나 똑같았다.

“야, 정신 차려. 굶어서 다이어트하는 건 미련 등급 중에 최상위야.”

권오늘이 팔짱을 낀 채 나를 내려보았다. 바라보는 시선에 심기가 불편해져 나는 몸을 반대로 돌려 누웠다. 그렇다고 가만히 있을 권오늘이 아니다. 권오늘은 내 어깨와 허리춤에 손을 밀어 넣더니 다시 자기 쪽으로 몸을 돌려놓았다.

“왜 이래? 나 환자야.”

“환자 좋아하시네. 다이어트한다고 생으로 굶다가 쓰러진 게 무슨 중환자냐? 안 그래, 유미야?”

창가에 서 있던 유미가 권오늘 말에 웃기만 했다. 유미는 언제나 중립이었다. 국가로 치면 스위스 같은 존재, 권오늘과 나 사이에서 항상 조용히 웃으면서 모두의 이야기를 가만히 들어주는 애였다. 따라서 권오늘과의 입씨름에서는 유미를 설득하는 자가 승자가 되는 것이다.

"나겸이 너 하나도 안 뚱뚱해. 그렇게 안 먹다간 영양실 조로 진짜 큰일 나."

유미의 말에 권오늘의 표정이 득의양양해졌다. 나는 자 리에서 일어나 앉았다. 삐거덕거리는 소리가 거슬렸다. 보 건실 침대의 매트리스가 지금의 내 상태와 비슷했다.

"난 이대로 물렁하게 살 수가 없어."

"물렁?"

가림막 커튼이 열렸다. 보건 선생님이 우리 셋에게 시선 을 주었다. 뚫어져라 바라보는 선생님의 눈빛에 잘못한 것 도 없는데 괜히 몸이 움츠러들어 이불을 목 끝까지 끌어당 겼다.

"물렁한 게 뭐니?"

"제 살이요."

선생님이 침대 옆에 앉더니 이불을 젖혀 내 왼쪽 무릎의 상처를 살폈다. 쓰러지면서 무릎이 쓸렸는지 피가 엉겨 붙 어 있었다.

"앗, 따가워."

선생님은 웃는 얼굴로 인정사정없이 내 상처를 치료했다. 벌어진 상처에 이물질이 끼여 있었다. 소독약을 붓자 상처 사이로 거품이 일었다. 찢긴 살점을 떼어낼 때는 하마터면 침대에서 뛰어내릴 뻔했다. 유미는 상처를 쳐다보지도 못하면서 내 손을 꼭 잡고 놓지 않았다. 역시 다정한 애다. 반면에 권오늘은 상처에 흙을 뿌리는 소리만 해댔다.

"선생님, 그렇게 살살 하지 마시고 그냥 치료해 주세요. 안나겸 애는 아파야 정신 차려요."

냉혈한 권오늘다운 멘트였다.

"아픈 친구한테 이래도 돼?"

"애 쓰러진 거 다이어트한다고 계속 굶어서 그런 거예요."

권오늘의 말에 선생님이 치료하던 손을 멈추고 나를 빤히 쳐다보았다. 얼굴, 가슴, 팔, 배, 그리고 무릎의 상처까지 천천히.

"그러다가 큰일 나."

입이 열 개라도 할 말이 없었다. 이번에는 진짜 죽는 줄 알았으니까. 역시 생으로 굶는 건 좋은 방법이 아니다. 하지만 방울토마토 세 알, 견과류 다섯 알, 물만으로 살아남은 아이돌들이 이 세상에 존재하는데, 나에게만 그 방법이 통하지 않는다니 원통했다. 우리 집안 조상들은 나에게 대체 어떤 DNA를 물려준 것일까? 똑같은 인간의 몸인데 누구는 아이돌 체질, 누구는 평범한 안나겸 체질이라니!

내 인생 목표는 체중 감량이다. 한마디로 그냥 날씬하게 살고 싶다. 태어날 때부터 나는 다른 신생아들보다 몸무게가 더 나가서 우량아라는 소리를 들었다. 우리 오빠도 출생 체중이 3.2킬로그램이었는데 여아인 내가 무려 3.9킬로그램이었다. 심지어 아빠 말로는 이것도 내가 충격받을까 봐 엄마가 0.1킬로그램을 빼고 알려준 몸무게라 했다. 아무튼 나는 초등학생 때도 통통한 어린이로 불렸고, 짓궂은 남자애들은 날 두고 퉁퉁이라고 놀려댔다. 더 억울한 건 이런 내 별명을 두고 엄마는 위로하는 대신 옛날 초코 과자 이름을 따서 날 '뭉실퉁퉁'이라고 불렀다는 것이다.

더는 이렇게 살 수 없었다. 초등학교 고학년이 되면서부터 온갖 다이어트 방법을 연구하고 도전했다. 그러나 결과는 모조리 실패였다. 내가 작심삼일의 산증인이었기 때문이다. 수많은 삼일을 얼마나 오랜 시간 반복했는지 손가락으로 꼽을 수 없을 정도였다. 그렇다고 패배자가 될 수는 없지 않은가. 하지만 태생이 아이돌이 아닌데 아이돌 비법을 따라 굶는 것 자체가 무리수였다. 결국 이번 다이어트 또한 DNA 탓에 사흘 만에 기절 엔딩을 맞이한 것이다.

"안나겸. 선생님이 살 쉽게 빼는 방법 알려줄까? 물렁한 살을 단단하게 만드는 방법, 내가 알거든. 물론 요요 없이 말이야."

보건 선생님이 제법 구미가 당기는 소리를 했지만 나는 알고 있다. 어른들의 다이어트 비법이란 게 다 애들 구슬리는 소리라는 것을 말이다. 우리 할아버지는 배부르니 쓸데없는 짓을 하는 게 다이어트라 했고, 엄마는 삼시 세끼만 잘 챙겨 먹으면 살은 저절로 빠진다고 주장했다. 하나같이 증명된 바 없는 이론이었다.

"뭔데요?"

내가 묻기도 전에 유미가 먼저 입을 열어서 놀랐다. 저 체중인 애가 다이어트에 관심이 있나?

"복싱. 내가 대학 때 과체중을 넘어 비만이었거든? 그때 복싱해서 살을 엄청나게 뺐지. 유일하게 요요 현상이 없던 운동이었어. 건강하게 빼."

선생님은 휴대폰을 뒤적이더니 대학 시절 모습이라며 증명사진 하나를 우리에게 내밀었다. 그 사진을 본 순간, 보건 선생님은 말만 하는 어른이 아닌 내 가슴에 투지의 불을 지핀 위인이 되었다.

"이건…… 기적이야."

* * *

　나는 오늘 할 일을 내일로 종종 미루는 타입이다. 어영
부영하다가 운동을 시작도 하지 못한 적이 부지기수였다.
그러나 내게 딱 맞는 맞춤형 복싱 체육관을 찾는 일은 미룰
수가 없었다. 쇠뿔도 단김에 빼랬다고, 이번에는 물렁살에
대한 내 의지를 제대로 보여줄 때다.

　그렇게 열의를 불태우며 근방의 체육관을 몇 군데 돌았
지만 기분상 느낌상 비슷한 곳이 대부분이었다. 학생 할인
을 먼저 제안하거나 내 체지방을 측정하기도 전에 무조건
아이돌 체형으로 만들어주겠다고 호언장담하는 사기꾼 기
질의 관장도 만났다. 발품을 팔아야 뭐든 값진 결과를 얻기
마련이라지만, 그 전에 내 발이 닳아 사라질 지경이었다.

　"저기 가서 빵이라도 먹자. 먹으면서 내일 다시 찾아볼
지 생각하는 거 어때?"

　내가 또 쓰러질까 봐 걱정된다며 함께 온 유미가 작게
고개를 끄덕이더니 내 등을 밀었다. 들어선 빵집은 재개발
지역의 오래된 5층짜리 꼬마 빌딩 1층에 위치한 곳이었다.
명란 바게트를 입천장이 까지도록 씹고 있는데 솔깃한 얘

기가 들려왔다.

"럭키에서 그 남자애가 가장 극적으로 성공했지?"

빵집 사장이 아르바이트생으로 보이는 남자한테 말했다. 빵을 진열하던 아르바이트생이 일손을 멈추고 사장에게 대답했다.

"아마도요? 걔 복싱하러 처음 왔을 땐 누가 봐도 비만이었잖아요. 지금은 그때 모습 1도 없어요. 이젠 피지컬 대박이잖아요. 10킬로그램은 감량한 거 같던데……."

10킬로그램 감량. 기적의 숫자이자 꿈의 몸무게였다. 나는 남은 바게트를 입에 다 밀어 넣었다. 거짓말이면 가만히 있지 않겠다는 결의를 담아서 말이다. 복싱 체육관에서 주먹을 휘두르며 10킬로그램을 감량한 미소년의 남자애라니. 그 말이 진짜라면 내 다이어트도 그 체육관에서 성공 각이었다. 나는 내 또래에 벌써 10킬로그램 감량이라는 업적을 달성한, 보지도 못한 남자애를 속는 셈 치고 한번 믿어보기로 했다.

"저기요, 사장님. 그 체육관 이름이 뭐예요?"

그렇게 알게 된 럭키 체육관은 둘러싼 소문마저 무성했다. 한번 발 들여놓으면 체지방은 물론이요, 식욕까지 탈탈 털어준다는 내용이었다. 내가 바라 마지않는 희망 사항이

었다. 그래서 그 대단한 체육관은 어디에 있냐는 내 질문에
빵집 사장님은 고개를 들어 시선을 천장 쪽으로 옮기더니
손가락으로 위를 가리켰다. 등잔 밑이 어둡다더니!

＊ ＊ ＊

럭키 체육관의 문을 열자마자 눈앞에서 한 무리의 아줌
마들이 쫓겨났다. 저렇게 강력한 포스를 가진 아줌마들을
단 한마디로 기선제압해서 쫓아낼 수 있는 사람이라면 내
다이어트 프로젝트를 백 퍼센트 성공시키고도 남을 귀인일
것이다.

체육관 출입문이 다시 닫히려는 찰나, 아줌마 한 명이
빠르게 문틈으로 발을 들이밀었다. 꽤나 듬직한 체구와 달
리 발을 밀어 넣는 스텝이 마치 순간 이동을 하듯 재빨라서
놀랐다.

"안 관장, 이러지 마! 수업이 빡세서 그래. 이렇게 안 먹
고 가면 다리 풀려서 집까지 못 간다니까 그러네. 나 좀 밀
어줘!"

무리의 우두머리로 보이는, 두건을 두른 아줌마가 비음
섞인 목소리로 운동복 상의 지퍼를 목 끝까지 올려 입은 남

자에게 상황을 설명했다. 두건 아줌마는 쫓겨나지 않으려고 애원하면서도 출입문 손잡이를 붙들고 놓지 않았다. 그 바람에 아줌마의 전완근이 적나라하게 드러났다. 가정주부 경력으로 연마한 전완근이라기엔 지나치게 단단하고 섬세한 근육이었다.

'여기다! 내 인생, 최저 몸무게를 찍을 곳!'

출입문을 사이에 두고 아줌마는 안 관장이라는 남자에게 절대 밀리지 않았다. 그사이 쫓겨난 나머지 아줌마들이 다시 체육관 안으로 입성했다. 그야말로 창과 방패의 싸움이었다. 체육관으로 진입한 아줌마들 앞에는 맥주 캔과 족발 세트, 쑥절편과 백설기는 물론, 잘 버무려진 겉절이까지 차려져 있었다. 안 관장님은 전완근 아줌마 쪽으로는 시선도 주지 않고 출입문을 가리켰다. 그 손길이 어찌나 단호한지 하마터면 옆에 서 있던 내가 체육관 밖으로 걸어 나갈 뻔했다.

"그럼, 안녕히 가십시오."

흡사 AI 같은 관장님의 태도에 아줌마들은 버럭 화를 냈다가 콧소리를 섞어 하소연을 하는 등 다채롭게 작전을 바꿔가며 안간힘을 썼다. 하지만 안 관장님이란 사람은 결코 뛰어넘을 수 없는 벽처럼 굴었다. 그 단단한 벽에 머리를 들이박은 듯한 표정이 된 아줌마들은 남은 맥주를 그 자리에서 원샷하더니 입에 욱여넣은 족발을 곱씹으며 걸걸이 그릇을 챙겼다.

"이 대단한 체육관, 내가 말이야 두 번 다시 오나 봐랏!"

"안 관장, 사람이 그러는 거 아냐! 나 섭섭해!"

출입문 근처에서 이 모든 광경을 지켜보던 나와 유미를 힐끗 흘기더니 전완근 아줌마가 소리를 내질렀다.

"학생이 공부해야지, 여긴 뭣 하러 와욧!"

가히 시대에 한참 뒤처진 잔소리라 아니 할 수 없겠다. 군 입대 전에 오빠가 그랬다. 불구경은 재밌지만 불똥이 언제 어느 방향에서 튈지 모르니 조심해야 한다고. 물론 엄마를 염두에 두고 건넨 조언이었지만, 그 말이 딱 들어맞는 순간이었다.

아줌마들의 신경질적인 반응에 아랑곳하지 않고 안 관장님은 허리를 굽혀 인사를 했다. 냉기가 흐르게 내쫓을 때는 언제고 어찌나 정중하게 인사를 하는지 곁에 서 있던 유미와 나도 얼결에 고개를 숙여 아줌마 무리를 배웅했다. 나중에 안 사실이지만 안 관장님은 회원들에게 "안녕히 가십시오"란 인사를 하는 사람이 결코 아니었다. 그 인사말은 절대, 앞으로도, 영원히, 이 체육관에 발 들이지 말라는 의미였다.

출입문을 닫고 돌아서는 안 관장님과 눈이 마주쳤다. 첫

인상이 모든 것을 결정짓는다. 나는 이제 막 교정이 끝난 가지런한 앞니를 드러내며 웃었다.

"안녕하세요? 등록하려고 왔는데요."

아줌마 회원들이 대거 탈퇴하고 바로 새 회원이 등록하러 왔다는데도 관장님은 무표정이었다. 수입이 늘어나는 상황에서도 시큰둥한 태도인 것이 오히려 마음에 쏙 들었다. 일희일비하지 않는 스포츠인다운 면모가 물씬 풍겼다고나 할까. 사기꾼 같던 옆 체육관 관장과는 차원이 달라 보였다. 신뢰가 코어에서부터 부글부글 끓어오르는 듯했다.

4층 전체가 체육관이라 모든 공간이 한눈에 들어왔다. 칸막이 없이 뻥 뚫린 공간 가운데에는 텔레비전에서나 봤던 링이 있었다. 오래된 나무 바닥이며 오른쪽 벽면 전체를 채운 전신 거울이 영화나 드라마에 나오던 고수들의 체육관 같은 분위기를 자아냈고, 벽의 왼쪽 창문은 활짝 열려 체육관의 땀 냄새와 밖에서 밀려드는 소음을 적당히 버무리고 있었다. 이렇다 저렇다 하는 설명도 없이 관장님은 창가 쪽 작은 테이블을 가리켰다. 포장마차에서 쓰는 플라스틱 의자와 테이블이 나란히 놓여 있었다. 어떻게 보면 체육관에 이질적인 소품이었고, 다른 관점으로 보면 이국적인 풍경이었다.

“왜 아무것도 안 묻는 거지?”

우리를 테이블 앞에 앉혀두고 관장님은 입회원서를 건네더니 샌드백 앞에서 스텝을 밟는 젊은 남자에게 갔다. 테이블 위에 굴러다니는 볼펜을 들고 유미가 입회원서를 훑어보았다. 그러더니 볼펜으로 종이의 한 부분을 콕 찍었다.

“나겸아, 여기에 다 쓰면 우리한테 물어볼 것도 없겠다.”

예전에 내가 등록했던 요가, 필라테스, 수영, 헬스, 방송댄스, 스쿼시 신청서보다 훨씬 상세한 정보를 요구하는 서류였다. 복싱이 원래 이렇게 디테일을 요구하는 종목이었나? 모든 항목의 질문이 형식적으로 대충 만든 느낌과는 한참 거리가 멀었다. 다이어트를 하겠다고 등록을 결심한 고등학생한테 복싱의 역사에 대해 아는 대로 쓰라는 건 너무한 거 아닌가?

“완전 논술이네. 아까 쫓겨난 그 아줌마들도 이 테스트, 아니 이 입회원서 다 쓰고 여기 등록한 건가? 대단.”

“할 말이 없다.”

볼펜 뚜껑을 질겅질겅 씹었다. 사실 할 말이 없기보다는 아는 게 없다고 하는 게 맞았다. 나와 달리 아까부터 마치 체육관에 등록할 때만을 기다리고 있던 애처럼 열심히 뭔가를 적었다.

“이유미, 너…… 복싱 역사…… 꿰고 있었어?”

나는 유미의 입회원서를 낚아챘다. 항상 봐왔던 유미의 자로 잰 듯한 글씨체가 오늘따라 인정머리 없게 느껴졌다. 나는 유미의 답변을 천천히 읽었다.

“2020 도쿄 올림픽 금메달리스트 이리에 세나를 존경합니다. 누구야? 아…… 일본 첫 여성 복싱 금메달을 따낸 것과 자신의 삶을 위해 큰 결심을 내린 점이 대단하다고 생각합니다……. 무슨 큰 결심?”

유미가 이 뜬금없는 질문에 부지런히 빈칸을 채우는 것도 놀랐지만, 일본의 복싱 메달리스트를 알고 있다는 점도 충격이었다. 내가 아는 복싱 선수라고는 예전에 유명했다는 홍수환이 전부였다. 그것도 돌아가신 할아버지가 홍수환 선수에게 받은 사인을 앨범에 꽂아놓고 명절 때마다 보여줬기 때문이었다.

“이 선수가 경기에서 우승하자마자 한 말이 뭔지 아냐? ‘엄마, 나 챔피언 먹었어’ 이거야. 잊지 마라, 나겸아. 너도 네 인생에서 챔피언 하나쯤은 먹어야 한다.”

매년 반복되던 할아버지의 명절 훈수를 내 인생에 이렇게 써먹게 될 것이라고는 상상도 못 했다.

그보다 나는 유미가 적은 이리에 세나 선수의 큰 결심이 무엇인지 궁금했다. 재차 묻자 유미는 볼펜 끝으로 이리에 세나를 콕 찍어 가리켰다.

"금메달 받자마자 이리에 세나 선수는 바로 은퇴를 선언했어."

"왜? 복싱 첫 금메달리스트면 광고도 찍고 출세도 해야지. 메달 따기까지 엄청 고생했을 건데."

"아, 그게…… 이리에 선수는 게임을 엄청 좋아해서 게임 회사에 취직하는 게 꿈이었는데 게임 회사 들어가려면 취직 공부에 힘써야 한다고……. 그래서 은퇴한 거거든."

그야말로 "뭐래?"였다. 취직이 환생만큼이나 어려운 이 시기에 자신이 잘하는 것을, 그것도 그냥 적당히 잘하는 정도가 아니라 올림픽 챔피언을 먹을 정도로 잘하던 복싱을 미련 없이 관두고 보장되지도 않은 미래를 위해 새출발을 한다고? 미치지 않고서야 할 수 없는 결심이었다.

"다 썼습니까?"

어느 틈에 다가온 안 관장님이 한없이 정중한 어투로 묻더니 우리의 입회원서에 시선을 두었다. 빈칸을 남긴 채로 제출했다가는 전완근 아줌마처럼 쫓겨날지도 모를 일이었다. 나는 존경하는 선수를 묻는 질문에 다급히 '홍수환' 세 글자를 휘날려 썼다. 내 입회원서를 받은 관장님은 말없이 내 눈을 보더니 유미의 입회원서로 시선을 옮겼다. 그리고 유미에게 물었다.

"이리에 세나 선수가 초등학교 때 읽은 만화가 뭔지 알아요?"

예상하지 못한 질문이었다. 복싱이 이토록 많은 요구를 하는 스포츠인지 알았더라면 크로스핏에 도전장을 냈을 것이다.

"아니요."

유미와 내가 동시에 대답했다. 속으로 별걸 다 알아야 하네 구시렁대는데 흡사 로봇 같은 관장님 입에서 낮고 음침한 대답이 흘러나왔다.

"간바레 겐키."

살면서 처음 들어보는 소리였다. 간바레고 뭐고 고작 주먹을 휘두르며 살을 빼는 데에 듣지도 보지도 못한 지식을 요구하다니! 하지만 이상한 질문 몇 가지 탓에 여기서 복싱과는 인연이 없나 보다 하고 포기하기엔 내 물렁살이 투지를 되살렸다.

"저기요, 관장님."

입회원서를 훑어보던 안 관장님이 고개를 들어 나와 눈을 맞췄다. 안 관장님의 송충이 같은 눈썹이 꿈틀거렸다. 숱

많은 두꺼운 눈썹은 그가 타협 불가능한 성격임을 암시하는 듯했다. 나는 조심스레 말을 건넸다.

"십 대를 위한 단기 속성 특별 다이어트 프로그램은 없나요?"

숨 막힐 만큼의 적막이 흘렀다. 나를 쳐다보는 관장님의 눈동자에는 흔들림이 없었다. 오히려 관장님의 눈과 코와 인중 사이를 왔다 갔다 하느라 내 동공이 엄청나게 흔들렸을 것이다.

"다이어트 프로그램 따위 안 합니다!"

내가 이럴 줄 알았다.

"복싱은 육체와 영혼을 함께 다스리는 스포츠입니다. 살 빼는 것만이 목적이라면 운동할 자세가 틀려먹었어요. 그런 태도! 복싱에 대한 예의가 아닙니다."

묘하게 기분 나쁜 존댓말인데 또한 묘하게 끌렸다. 나보고 자세가 틀려먹었다는 말을 한 사람은 돌아가신 우리 할아버지밖에 없었다. 침대에 누워 영어 단어를 외우는 모습을 본 할아버지가 나를 두고 성공하긴 글렀다며 인생에 대한 태도가 틀려먹었다고 2박 3일을 잔소리했던 기억이 순간 머릿속을 스쳤다. 나는 물러서지 않고 안 관장님을 졸랐다.

"그러면…… 학생 할인은 없나요?"

안 관장님의 두툼한 입술이 무겁게 천천히 열렸다.

"없습니다, 둘 다."

다이어트 단기 속성 프로그램도 없으면서 학생 할인까지 없다고 딱 잘라 말하는 몰인정함이라니! 안 관장님의 태도에 아직 생기지도 않은 정나미가 떨어졌지만, 이대로 물러설 수는 없는 노릇이었다.

"관장님, 저희 둘 다 등록해도 할인은 어려울까요? 한 명 더 올 수도 있는데도요?"

유미가 두 손을 가지런히 모으고 정중하게 물었지만, 안 관장님은 "없습니다"를 반복했다. 그 대답에 유미의 얼굴이 붉어졌다. 유미로서는 대단한 용기를 낸 질문이었을 것이다. 유미는 남에게 폐 끼치는 것을 병적으로 싫어하는 애다. 나를 돕겠다고 한마디 거들었는데 무안을 당했으니 무척 부끄러울 것이 분명했다.

"관장님, 시대가 어느 때인데……. 요즘 학생 할인은 기본이에요. 우리 학교 근처에 헬스장, 요가 교실, 태권도장과 검도장도 학생 할인 다 해준다고요. 저출산 시대에 미래의 재산이 바로 이유미랑 저 같은 십 대 청소년이잖아요."

"네."

처음으로 관장님한테 긍정의 대답을 들었다. 역시 사람은 부딪쳐 봐야 안다더니! 할아버지가 이런 말도 한 적이 있었다. 입 뒀다 뭐 하냐고, 어떤 일이든 말이라도 꺼내봐야 한다고 말이다.

"그러면 우리 둘, 학생 할인 해주시는 거예요?"

"아니요. 우리 체육관은 뭐든 다 동일한 조건입니다."

더 이상 무슨 말로 설득을 해야 하나 고민하기도 전에 체육관 출입문이 벌컥 열리더니 배달원이 소리쳤다.

"치킨 시키신 분?"

약속한 것도 아닌데 일제히 고개가 배달원에게 향했다. 어정쩡한 자세로 배달원은 치킨 주인을 기다렸고, 어정쩡한 표정으로 우리는 체육관을 둘러보았다.

"잘못 배달 온 것 아닙니까?"

안 관장님이 정중하게 물었다.

"럭키 체육관, 맞는데요?"

배달원은 주소를 확인하더니 확신에 찬 목소리로 대답했다. 심지어 영수증에 적힌 배달 주소까지 관장님에게 확인시켜 주었다. 나는 유미의 옆구리를 찔렀다.

"그 아줌마들 치킨인가 봐."

조용히 하라는 듯 유미가 눈을 찡긋거렸다. 안 관장님은 내 예상과 달리 배달원에게 치킨값을 치렀다. 아줌마들은 큰 손이었다. 치킨을 한 마리도 아니고 세 마리나 주문한 것이다. 치킨의 위력은 대단했다. 체육관에 고소한 기름 냄새가 들어찼다. 배에서 꼬르륵 소리가 났다.

"관장님, 생각해 보고 올게요."

나는 강수를 두기로 했다. 엄마는 뭔가 할인을 받고자 할 때면 둘러보고 온다고 운을 띄웠다. 그러면 시장이건 요가 교실이건 대부분은 엄마를 붙잡았다.

"그래요, 그럼."

안 관장님은 자석 같은 사람이었다. 나를 저 먼 반대편으로 밀어내는 자석 말이다. 우리는 N극과 S극이 아닌 N 대 N, S 대 S 같은 사이라는 것을 눈 감고도 알겠다. 나는 자리를 박차고 일어나며 단호한 어조로 말했다.

"안녕히 계세요."

돌아서서 출입문으로 가려는데 관장님이 내 팔을 붙잡았다.

'후훗, 역시 내 작전이 먹히는 건가?'

"학생 할인 못 해준 대신 이것."

뜨끈한 치킨이 손에 묵직하게 들렸다. 닭 다리를 한 입 먹기도 전에 이미 충분히 살이 찐 느낌이었다. 할 말을 잃은 사이 유미가 나 대신 관장님에게 인사를 전했다. 허리를 진중하게 숙이는 유미의 인사법은 학교 선생님들 사이에서 유명했다. 참하고 바른 인사법의 표준이 된다고 말이다. 안 관장님은 유미하고 똑같은 각도로 머리와 허리를 숙여 맞절을 했다. 헛웃음이 나올 지경이었다.

엘리베이터도 없는 4층에서 내려오며 나는 참았던 말들을 쏟아냈다.

"이건 날 먹이는 거 아니면 시험하는 게 분명해. 내가 아까 다이어트하고 싶다고 한 말 들었으면서 입회원서에 볼펜 똥이 마르기도 전에 치킨을 선물로 준다고? 와! 기막혀."

건물 밖의 날씨가 맑았다. 분명히 체육관에 들어설 때는 잔뜩 흐린 날씨였는데 지나치게 해가 쨍했다. 적어도 습도 때문에 권오늘에게 가는 도중에 치킨이 눅눅해질 일은 없어서 다행이었다.

 **안나겸의 물렁살 타파 복싱 도전기 Day 1**

풋워크: 복싱의 가장 기본이 되는 스텝

회원으로 받아주든가 말든가 해야 시작이라도 해보지!

이 황당한 체육관 뭔데, 대체?

잽
행운은
어디에

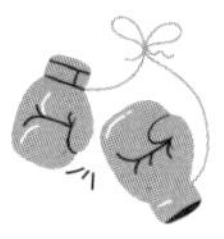

선비 숯불갈비로 향했다. 당연히 도서관에 있을 것이라고 확신한 권오늘이 웬일로 가게에 있다는 것이다. 권오늘네 집은 동네 맛집으로 인정받은 선비 숯불갈비였다. 프랜차이즈이긴 했지만, 오늘이네 아버지의 음식 솜씨와 서비스가 단골을 만들기에 차고 넘쳤다.

저녁 시간 전이라 다행히 가게 안이 한가했다. 어쩐 일인지 주방에서 나오는 권오늘을 향해 유미가 손을 흔들었다. 나는 가게 가장 구석에 자리를 잡고 앉아 체육관에서 얻어 온 양념치킨을 테이블에 내려놓고 치킨 무 포장을 이로 뜯었다. 시큼달달한 무 냄새가 공기 중에 확 퍼졌다.

"갈빗집에 치킨 갖고 오는 상도는 뭐니?"

권오늘이 치킨 무를 힐끔거렸다.

"체육관 관장님이 주신 거야. 너랑 같이 먹으려고."

유미의 설명에 권오늘이 미간을 구기더니 내게 대놓고 물었다.

"뭐냐, 안나겸? 뉴 프로젝트 시작이라더니 다이어트 바로 포기야?"

"아니거든."

"그럼 치킨 무만 먹을 거야?"

내 발로 럭키 체육관을 뛰쳐나온 상황에서 다시 내 발로 가야 하는 모양새가 께름직했다. 난 스타일 구기는 건 딱 질색이다.

"얘 왜 이러냐?"

권오늘의 물음에 유미는 내 눈치를 보는 척하더니만 체육관에서 있었던 일을 술술 풀어내기 시작했다. 심지어 학생 할인 대신 치킨을 권하는 안 관장님의 다정함에 감탄하기까지 했다. 이유미가 치킨에 홀랑 넘어가는 애인 줄 오늘 처음 알았다. 괜한 서운함에 치킨 무를 소리 내서 씹었다. 내 서운한 감정을 알아달라는 알람쯤으로 생각하면 되겠다.

권오늘이 닭 날개를 내 손에 쥐여주며 말했다.

“이거 먹고 체육관으로 날아가. 안나겸 잘하는 거 있잖아. 무시하고 등록해. 잠깐의 쪽팔림으로 네 목표를 이뤄. 그게 정답이야.”

자기 일 아니라고 별일 아닌 듯 말하는 권오늘이 얄미웠지만, 거부할 수 없는 이유는 하나였다. 권오늘의 말이 하나같이 옳은 소리라는 사실이다. 권오늘은 양념 묻은 손가락을 핥지 않고 치킨 상자에 문질렀다.

“잔말 말고 그 체육관으로 가.”

이런 말을 들으려고 권오늘에게 닭 다리를 양보한 것이 아니었다. 양념 묻은 손으로 치킨 상자에 ‘Fate’라고 쓰는 권오늘이 예언자처럼 보였다.

“학생 할인 없이 체육관 등록자에게 모두 똑같은 회비를 받겠다면 그야말로 공정한 사람이고, 단기 속성 과정 같은 거 취급 안 한다면 사기꾼은 아니란 뜻이네. 실력과 땀으로 승부를 걸겠다는 신념이 있는 전문가로 보여.”

권오늘은 모든 일에는 인과관계가 있다고 종교처럼 믿는 애였다. 따라서 세상에는 공짜가 없다고 확신하는데, 안 관장님의 태도가 그런 권오늘의 신뢰를 얻기에 충분했나 보다.

“그러니까 그렇게 좋아 보이면 너도 같이 가자고, 응? 권오늘, 너 공부도 체력이 있어야 하는 거야. 전교 1등 영원할 줄 알지? 너 체력 바닥나는 순간 나락 가는 거야.”

친구 사이에도 할 말 못 할 말이 있다지만 권오늘한테는 예외다. 냉철한 현실주의자인 권오늘한테 좋은 말로 돌려 말해봤자 내가 원하는 답은 얻지 못할 게 뻔하니까.

유미가 내 옆구리를 쿡 찔렀다. 거침없이 말한 사람은 나인데 유미가 안절부절이었다.

‘나겸아, 오늘이한테 나락이 뭐야.’

딱 이 표정이었다. 나는 걱정하는 유미의 등을 두드렸다. 복싱에 도전하기로 결심한 이후로 내내 권오늘을 설득하려고 했지만, 내 논리력으로는 넘을 수 없는 산을 만난 듯했다. 절친인데 운동도 같이 못 해주냐며 아무리 징징대봐도 권오늘은 어깨만 한번 으쓱했다.

“권오늘, 너 이 말 알지? 빨리 가려면 혼자 가고 멀리 가려면 함께 가라.”

앞자리에 마주 앉은 권오늘이 슬로모션 걸린 듯 천천히 나를 보고는 씩 웃었다.

“각자 빨리 가서 그 먼 곳에서 만나는 건 어때?”

거절도 참 뭔가 있어 보이게 하는 게 얄미웠다. 그런데 또 마냥 얄미워할 수가 없어서 나는 발만 동동 굴렀다.

"중간고사 끝난 지 얼마나 됐다고 벌써 기말고사 준비하는 거야? 권오늘, 진짜!"

무슨 일이든 체계적으로 반드시 해내는 권오늘과 함께라면 그 꼬장꼬장한 안 관장님이라도 무릎 꿇을 텐데. 시작도 전에 한풀 꺾인 기분이었다.

"구질하게 어떻게 우리끼리 거길 다시 가? 할인 안 해준대서 내 발로 나왔는데."

우리 곁에서 조용히 서비스 콜라를 마시고 있던 유미가 자리에서 일어났다. 나와 권오늘을 지그시 바라보는 눈빛이 예사롭지 않아서 긴장됐다.

"나한테 방법이 있는 것 같아."

유미의 눈매가 부드럽게 휘었다. 우리 셋 사이로 달콤한 양념치킨 냄새가 날아다녔다. 치킨을 먹기도 전에 양념을 교복 셔츠에 흘리고 말았다.

✳ ✳ ✳

집에 들어서자마자 반갑지 않은 손님과 마주쳤다. 지구에 인간이 나와 이 사람만 남는다고 해도 나는 절대 이 손님을 사랑할 수 없을 것이다.

‘아! 얘는 왜 또 집에 왔대?’

“뭉퉁아!”

나의 친오빠 안승균은 내 이름을 제대로 불러본 적이 없는 인간이다. 초등학교 시절 엄마가 날 ‘뭉실퉁퉁’이라고 부를 때도 말리기는커녕 자기가 더 신나게 웃으며 뭉퉁이라고 제멋대로 줄여 부르기 시작했다. 간혹 그 별명은 ‘멍청이’로 들리기도 해서 몹시 사람 신경을 긁는다고나 할까.

“어허! 뭉퉁이 너, 오빠 보는 눈빛이 그게 뭐야? 공손한 눈빛 몰라?”

‘어절씨구!’

이럴 때는 무시하는 게 답이다. 그러나 가만히 있을 안승균이 아니다. 안승균이 강제로 내 머리를 눌러 인사를 받아냈다. 굴욕적으로 머리가 바닥을 향해 떨어졌다.

“야! 군대에서 살지 왜 자꾸 나오냐?”

“뭉퉁이 말버릇이 전시 상황이네. 오빠가 말년 휴가 나와서 하나밖에 없는 동생한테 용돈 좀 주려고 했더니만 안 되겠어, 쓰읍.”

거들먹거리는 태도가 눈꼴사나웠지만 없는 자는 참아야 하는 법이라고 나는 마음을 고쳐먹었다.

사실 다이어트를 결심하게 된 데는 오빠도 한몫을 했

다. 수능을 망치고 오빠는 한 달을 제 방에서 나오지 않았다. 이대로 히키코모리가 되는 것인가 걱정될 만큼 굳게 닫혔던 방문이 한 달 하고도 보름 만에 열렸을 때, 오빠는 재수 학원이 아닌 체육관에 등록했다. 복싱을 시작하면서 재수를 결심한 오빠는 1년을 이 악물고 주먹을 휘두른 것과 동시에 다시 쥔 펜도 놓지 않았다. 그렇게 오빠는 재도전한 대입에 성공했다. 심지어 그냥 성공이 아니라 업그레이드해서 엄마가 바라는 소위 명문대에 합격했다. 합격자 발표날에 오빠가 한 행동은 의외였다. "엄마, 나 합격이야!"를 외치는 대신 소파에 누워서 음악 방송을 보던 내 앞에서 갑자기 윗옷을 벗더니 근육 자랑을 했다.

"봤냐?"

평소라면 더럽다고 놀렸을 텐데 그때만큼은 차마 입도 벙긋 못 했다. 재수 생활을 어떻게 한 건지 사람 몸에서 체지방의 흔적을 찾을 수가 없었다. 노력과 끈기의 증거였다. 복싱이 무서운 스포츠라는 것을 그때 알았다.

이렇게 된 김에 럭키 체육관 등록비를 오빠한테 얻어내기로 결심했다.

"충성! 얼마 주실 겁니까, 안 병장님?"

재빠른 나의 태도 전환에 오빠가 얼결에 내 거수경례를

받아주었다. 나는 공손하게 두 손을 오빠의 코앞에 들이밀었다. 이를 외면하려는 듯 안승균이 내 손을 꼭 부여잡고 아래로 내렸다. 마주 잡힌 손을 풀어 주먹을 쥐고 안승균의 복부에 꽂고 싶은 마음을 억누르느라 고생했다.

"체지방 제로의 건강한 몸을 갖고 싶어, 오빠."

진지한 선언이었다. 그런데 안승균이 대놓고 박장대소했다. 그러더니 한다는 소리가 사람 열받게 만들었다.

"안나겸, 입대해. 숨만 쉬어도 다이어트 저절로 된다."

헛소리할 줄 알았다. 알면서 친절하게 안승균을 상대해 준 내가 뭉통이다.

"체육관 등록할 거야. 약속한 대로 용돈 줘."

더는 놀리지 못하게 쐐기를 박아야만 했다. 이대로라면 오빠는 그동안 내가 낭비한 각종 등록비를 읊어대며 코웃음만 칠 것이 뻔했다. 오빠가 선수 치기 전에 내 몸이 먼저 반응했다. 나는 바닥에 무릎을 꿇고 안승균의 바짓가랑이를 붙잡았다. 용돈을 받기 전에는 결코 움직이지 않겠다는 결의를 몸소 보여주리라!

"얘가 왜 이래? 작심삼일이잖아, 너. 온갖 다이어트 다 시도해 놓고 지금 이 상태면 네 살은 그냥 운명인 거야, 안나겸."

　참는 자가 이기는 거다. 손마디가 새하얗게 질리도록 오빠의 바지 자락을 움켜쥐었다. 나 자신도 내 악력이 이렇게 센지 처음 알았다.

　"오빠, 사람은 자기 운명을 개척해야 할 의무가 있어. 국방의 의무처럼 저버릴 수 없는 거라고. 내가 뭘 하겠다고 하면 또 작심삼일일 거라고 당연하게 생각하는 사람들한테 나도 얼마든지 달라질 수 있다는 걸 보여주고 싶다고."

　프로 다이어터가 될 첫걸음이었다. '작심삼일=안나겸'이라는 우리 집에 흐르는 공식을 깨버리고 싶었다. 툭하면 의지박약의 상징이라며 나를 놀려대는 엄마나 오빠한테 나도 얼마든지 달라질 수 있다는 걸 똑똑히 보여주고도 싶었다. 건강한 육체에 건강한 정신이라는 말이 얼마나 큰 상관관계를 갖고 있는지 알 길은 없지만, 나를 제 좋을 대로만 하다가 쉽게 포기하는 애라고 생각하는 사람들의 선입견을 한 번쯤은 바꿔놔도 좋지 않을까?

　"오빠도 했잖아, 복싱. 멘털은 무겁게, 몸은 가볍게……나도 꼭 그렇게 변할 거야."

　"체육관 어딘데?"

　오빠의 목소리 톤이 바뀌었다. 장난기 싹 빼고 질문하는 표정을 보니 내 진심을 털어놔도 좋을 타이밍이었다.

"사거리 은행 골목 뒤에 있는 럭키 체육관."

오빠가 날 향해 손을 내밀었다. 손잡고 일어나라는 의미였다. 기꺼이 그 손을 잡자 순식간에 몸이 확 위로 딸려 솟구쳤다. 군대는 사람을 아주 강하게 만드는구나 싶었다.

"럭키 체육관이라……. 거기 관장님은 널 받는 순간부터 불행 시작인 거 아시니? 크크큭!"

안승균을 믿은 내가 상 뭉퉁이다.

"야! 안승균! 등록비 내게 용돈 주라고!"

있는 힘을 다해 주먹을 뻗었다. 팔이 어깨에서 뽑혀 나가더라도 내가 안승균의 복부에 원투펀치는 날리고야 말겠다.

＊ ＊ ＊

"학생 할인도 없다고 했는데 왜 다시 왔습니까?"

마음 불편하게 깍듯이 존댓말을 하는 안 관장님을 보니 체육관 등록은 물 건너갔나 싶었다. 하지만 나는 유미를 믿었다, 백 퍼센트 완전히.

체육관을 빠르게 둘러본 유미가 안 관장님의 질문에 말문을 잃은 내 손을 잡아끌더니 전신 거울 앞에 놓인 줄넘기를 다짜고짜 내밀었다. 얼결에 줄넘기를 들고 멀뚱하게 서 있는데, 유미가 작지만 단호하게 말했다.

"저희 줄넘기 천 개 바로 시작하면 되지요, 관장님?"

"천 개?! 야, 나 못……."

내가 말을 마치기도 전에 유미가 줄넘기를 시작했다. 가볍고 경쾌한 몸놀림이었다. 다른 회원들처럼 빠르지는 않았지만 정확하고 일정한 속도였다. 체육관 바닥에 줄이 부딪치는 소리가 울렸다. 단단하고 매서운 마찰음에 나도 모르게 몸을 움찔거렸다.

"넌…… 회원님은 안 합니까?"

'회원님? 엥? 허락한 거야?'

대답 대신 나도 줄넘기를 잡았다. 허둥대는 바람에 다섯 개를 못 넘기고 계속 멈췄지만, 나는 쉬지 않고 '다시'를 마음속으로 읊조리면서 줄을 넘겼다. 줄이 발에 걸릴 때마다 욕이 튀어나오려 했지만 침과 같이 꿀떡 삼켰다. 고작 서른 개를 했을 뿐인데 심장이 터질 것 같았다. 살면서 천이라는 숫자를 처음부터 끝까지 하나하나 세는 일이 있을지 예상도 못 했는데……. 입이 바짝 말랐다. 당장 정수기 앞으로 달려가 냉수를 마시고 싶었지만, 우리 앞에서 비켜나지 않는 안 관장님 때문에 마른침만 삼켜댔다.

“안녕하십니까?”

체육관 출입문이 열리고, 1층 빵집 아르바이트생이 말한 소문의 주인공을 드디어 만났다. 나는 줄넘기 줄을 놓쳤다.

“너…… 였냐, 도석화니?”

건강하게 10킬로그램을 감량한 주인공이 도석환이라니! 내 기억 속에 도석환은 굴러다니는 곰이었다.

초등학교 시절, 도석환은 키 순서로 줄을 설 때마다 만년 1번인 어린애였고 또래 남자애들에게 놀림의 대상이었다. 뭉퉁이와 굴러다니는 곰은 거의 동급이었다. 나는 그 시절 그대로 정직하게 자랐는데 도석환 애한테는 도대체 무슨 천지개벽에 버금가는 기적이 벌어졌는지, 눈앞에 나타난 길쭉하고 탄탄한 체격은 내가 알던 도석환과 완전히 다른 사람의 것이었다. 상위권 피지컬로 거듭난 도석환을 보고 있자니 근원 없는 배신감이 뱃속에서부터 부글거렸다.

“아는 사이야?”

안 그래도 동그란 유미의 눈이 호기심을 품어 더 동그래졌다. 분명 나는 예나 지금이나 변함없는 뭉실퉁퉁이고 변한 사람은 도석환이었는데, 적반하장도 유분수지 도석환은 나를 빤히 보고도 전혀 모르는 눈치였다. 애가 일부러 모르는 척하는 건지 아니면 진짜 나를 못 알아보는지 헷갈리기 시작했다.

"잘됐다. 석환이가 우리 신입 이유미, 안나겸 회원님들과 같이 기초 훈련해 줘. 천 개 뛴다고 했으니까 횟수 정확히 채우는지 체크하고. 기본 스텝 중요한 거 알지?"

말이 좋아서 기본 스텝 훈련이지 그냥 줄넘기하란 소리다. 모든 회원에게 꼬박꼬박 회원님이라던 안 관장님이 도석환에게만 예외를 두었다. 관장님 입에서 흘러나온 '안나겸'이란 소리에 도석환의 쌍꺼풀 없는 가늘고 긴 눈매가 위로 치켜 올라갔다.

"나 기억나니?"

"응."

어릴 적이나 지금이나 도석환은 말이 길지 않았다. 저성의 없는 짧은 말투 때문에 애들한테 재수 없다고 따돌림도 당했으면서 여전히 응, 아니 단답형으로 대답하는 게 습관이 되어버렸나 보다. 내게 절친이었냐고 묻는 유미의 속삭임에 도석환이 대신 대답했다.

"천하무적 안나겸."

"에? 안나겸이 천하무적이었어……요?"

이제 유미는 궁금해서 못 견디겠다는 눈치였다.

"안나겸이 나 괴롭히는 애들 다 상대해 줬거든. 그러는 바람에 애도 같이 재수 없다고 욕먹었는데 겁 안 내더라고.
천하무적이었지."

의외였다. 도석환에게 상황을 아름답게 포장하는 능력
도 있었구나 싶었다. 도석환을 괴롭히던 애들한테 떼로 덤
비지 말고 일대일로 덤비라고 조언해 줬던 나를 천하무적
이라고 포장해 주다니 말이다.

"잘 부탁해. 복싱은 처음이라 서툴러."

유미가 도석환에게 살갑게 대화를 시도했다. 도석환은
짧고 굵게 괜찮다고 했다. 세월이 흘렀어도 도석환의 말투
가 무성의하거나 무심하게 느껴지지 않아서 신기했다.

도석환을 따라 체육관 한쪽 구석에 나란히 섰다. 전신
거울로 된 벽면 앞에 서자 훈련하는 모든 회원들의 모습을
한눈에 볼 수 있었다. 서로가 서로의 스승이 될 수 있는 공
간이란 생각이 들었다.

"도석화니, 뭘 하면 돼? 난 주먹을 확, 이렇게 뻗는 연습
을 했으면 하는데."

허공을 향해 힘껏 주먹을 내질렀다. 도석환이 고개를 돌
려 나를 빤히 쳐다보았다. 초등학교 6학년 여름, 도석환이
전학 가기 전까지 나는 얘를 '도석화니'라고 불렀다.

'저렇게 노골적인 시선은 부담스러운데. 도석화니가 나

한테 관심 있었지, 아마?'

오래전 썰물처럼 쓸려 나간 기억이 밀물이 되어 몰려드는 순간이었다. 도석환이 다시 고개를 돌려 바닥에 놓인 줄넘기를 집어 들더니 정면을 주시했다. 옆에 선 유미는 군말 없이 거울 속 도석환의 모습을 따라 움직였다.

"시작!"

도석환은 나를 기다려주지 않았다. 어린이 도석환은 나를 종종 기다려줬는데……. 인정머리 없이 자란 게 눈으로 보였다. 줄넘기하기 위해 태어난 인간인 양 도석환은 일정한 속도의 간결하고 군더더기 없는 동작으로 줄을 넘었다. 유미도 체력이 바닥난 듯 휘청거리면서도 줄에 걸리지 않았다. 도석환에 비하면 속도는 느렸지만 동작을 따라 하려고 거울에서 눈을 떼지 않는 게 꽤나 열의가 있어 보였다.

그때 거울 속 도석환과 눈이 마주쳤다.

'어라? 웃었어?'

애가 안 보는 척하면서 날 보고 있었다. 도석환 얼굴에 번지는 비웃음을 찰나의 순간 잡아냈다. 오빠한테 용돈을 받아 체육관에 등록한다는 나에게 엄마가 뭐라 했던가. 도석환의 피식거리는 얼굴 위로 엄마의 얼굴이 겹쳤다. 살 뺀다면서 그동안 온갖 운동에 갖다 바친 돈이 얼마냐며 몰인정한 말을 쏟아내던 엄마가 최후의 한 방을 날렸다.

"그 돈으로 차라리 네가 좋아하는 돼지나 사 먹어."

딸에게 저주의 말을 쏟아내는 엄마 앞에 당당히 감량한 모습으로 나타나 더 이상 내가 작심삼일의 아이콘이 아니라는 사실을 증명하겠다고 다짐했다. 포기하지 않는 십 대의 저력을 보여주리라고 말이다. 도전과 실패의 끝이 폭망이 아니라 새로운 도전의 신호탄이라는 것을 엄마는 알지 못하는 것일까?

보란 듯이 줄넘기를 집어 들었다. 본격적으로 줄넘기를 하기 전에 내 투지를 보여줄 겸 한 손으로 채찍 휘두르듯 나무 바닥을 향해 요란하게 줄을 내리쳤다.

"그러면 안 됩니다, 안나겸 회원님. 제대로 다시 시작하라고요!"

링 위에서 스파링 상대를 해주고 있던 안 관장님이 소리쳤다. 무안한 마음에 줄을 재빨리 넘기 시작했다. 본때를 보여주리라.

"스텝을 생각하면서 뛰어."

안 관장님한테 들었던 말이 이번엔 도석환의 입에서 흘러나왔다. 내 몸무게 플러스 영혼까지 가뿐히 들어 올릴 듯한 가벼운 스텝으로 뛰라는 말에 머리가 어질어질했다. 안 관장님은 리듬을 살려서 어떻게 움직일 것인가를 머릿속으로 생각하며 발놀림해야 한다는 말을 쉴 새 없이 해댔다. 천 개를 채우려면 까마득한데 벌써 숨이 턱까지 차올라서 토할 지경이었다. 곁눈질로 유미를 보니 흔들림 없이 줄을 넘고 있었다. 그래도 위안이 되었던 것은 유미의 숨소리도 점점 거칠어지고 있다는 사실이었다. 한 세트당 3분씩 세 번을 뛰어야 끝나는 지옥의 코스다. 30초간의 휴식은 쉽사리 오지 않았다.

"헉헉, 유미야. 우리 그만 뛸래?"

"나겸아, 말하면 더 숨차. 그냥 해."

유미는 줄에 걸리지 않는 한 끝까지 자기 페이스대로 조용히 뛸 애다. 도석환과 유미가 입을 꾹 다물고 목표를 향해 부지런히 움직이는 동안 나는 줄에 걸려 화를 참느라 고생이었다. 체중 감량이 아니라 인내심 훈련을 위해 체육관에 왔나 헷갈렸다.

'아, 그만하고 싶다. 차라리 줄이 끊어졌으면……'

그러나 PVC 재질의 줄은 질겼다. 눈앞이 가물거렸다. 당장이라도 숨이 넘어갈 듯했다. 줄넘기가 이토록 피를 말리는 운동이었던가? 복싱을 배우러 왔는데 안 관장님은 왜 줄넘기로 내 인내심을 시험하는 것일까? 글러브라도 끼고 잽을 한두 번은 날리게 해줘야 하는 게 인지상정 아닌가?

결국 나는 세 세트를 채우지 못했다. 다리에 쥐가 났기 때문이었다. 놀란 유미가 줄넘기를 멈추려고 하자 도석환이 제지했다.

"멈추지 말고 계속 뛰어."

'아, 도석화니! 진짜 인정머리 없이 컸구나.'

거울 속의 도석환을 노려보는데 애가 날 보면서 줄을 넘고 있는 것이다. 속내를 다 읽힌 것 같아서 고개를 숙이고 신음 소리를 냈다.

"안나겸, 일어나. 죽지 않아."

어디서 듣던 소리였다. 모의고사를 망치고 괴로워하는 내게 죽지 않는 이상 시험은 평생 있으니 기죽지 말라는 권오늘의 목소리가 환청으로 울렸다. 도석환은 권오늘의 남자 버전이었다.

그래, 천하무적이 못난 꼴을 보일 수는 없지.

"나겸아…… 나랑 끝까지 하자."

숨을 몰아쉬며 유미가 힘겹게 속삭였다. 유미의 숨 넘어갈 듯한 목소리는 그 어떤 것보다 강하고 힘이 있었다. 그 목소리를 듣자 뭐든 다 잘될 것 같은 기분이 들었다.

인생은 도전의 반복이다. 주저앉았으면 반드시 일어날

때도 있는 법이다. 그러나 내 다리는 도전을 몰랐다. 일어나려고 버둥거리는데 누군가 내 팔을 잡아 일으켜 세웠다. 늘어졌던 몸이 공중으로 솟구치듯 가볍게 들렸다. 도석환이었다. 무표정한 얼굴로 나를 세우더니 무뚝뚝한 어조로 말했다.

"안나겸, 네 속도에 맞춰서 같이 뛸게."

다리뿐만 아니라 심장에서도 힘이 풀렸다. 땀범벅이었다. 입고 있던 반소매 티셔츠가 땀에 젖어 몸에 들러붙었다. 사춘기를 훌쩍 뛰어넘어 만난 도석환에게 쉰내를 풀풀 풍기는 애로 각인되면 어쩌나 하는 괜한 걱정이 들었다.

"물 가져올게. 나겸아, 숨 좀 고르고 있어."

유미가 체육관 입구 쪽에 설치된 정수기로 물을 가지러 갔다. 휘청거리며 걸어가는 유미를 보자 미안한 마음이 들었다. 솔직히 나만 아니었다면 다이어트 걱정 없는 유미는 체육관에 올 이유도 없었다. 거절하지 못하는 성격의 유미가 복싱하자고 조르는 나를 뿌리칠 리 없다는 점을 이용한 내가 나쁜 인간이었다.

나는 도석환에게 하소연했다.

"더는 못 하겠어. 토할 것 같아."

"우리 회원님, 토하고 합니다."

돌아온 목소리는 도석환이 아니었다. 어느 틈에 안 관장님이 바닥에 널브러진 줄넘기를 내 손에 쥐여주었다. 안 관장님은 타협이라는 게 도통 안 통하는 사람이었다. 몸과 마음이 너덜거리는 기분이었다.

"관장님! 솔직히 여기가 줄넘기 학원은 아니잖아요."

내 말에 안 관장님의 왼쪽 눈썹이 정확히 25도 위로 솟구쳤다.

"기초 체력이 뒷받침되어야 안나겸 회원님이 휘두르고 싶어 하는 주먹도 자유자재로 휘두를 수 있는 겁니다."

내 발아래 스텝도 단속하지 못하면서 어디 함부로 주먹질이냐는 것이 관장님의 코칭 신념인가 보다. 나를 지그시 보더니 안 관장님이 뜬금없이 섀도복싱 동작을 선보였다.

"발을 보세요. 발, 발, 발!"

귀신 같았다. 현란한 스텝이었다. 내가 죽었다 깨어나도 못 따라갈 발놀림이었다. 이건 복싱이 아니라 신들린 댄싱 머신이었다. 저런 발놀림을 가지려면 얼마나 오랜 시간을 훈련해야 할까. 아니, 저 정도의 스텝이면 주먹도 저절로 뻗어 나갈 수 있단 뜻인가?

한숨이 절로 나왔다. 그런 발놀림을 가지려면 지네로 다시 태어나서 버둥대야 가능한 게 아닐지 의심스러웠다.

✳ ✳ ✳

유미에게 기대지 않으려고 안간힘을 썼지만 풀리는 다리는 이미 내 통제 밖이었다. 체육관 건물 계단을 내려오는데 몇 번이나 다리가 후들거려 1층까지 굴러 내려가는 줄 알았다. 그럴 때마다 나를 단단히 붙잡아주는 유미에게 미안했다. 마른 체형의 유미가 누가 봐도 뭉실퉁퉁인 나를 부축하고 있는 모습은 아이러니 그 자체였다.

"너 집까지 혼자 갈 수 있겠어?"

건물 입구에 도착하자 유미가 걱정스러운 눈빛으로 날 보았다. 분명 얘도 지금 힘들어서 죽을 지경일 텐데 날 위한답시며 힘든 걸 참고 아무렇지 않은 척하는 거다. 내가 앓는 소리라도 냈다가는 유미는 럭키 체육관에서 10분 거리인 자기 집을 지나쳐 25분 거리에 있는 우리 집까지 날 데려다주고 가겠다고 우길 게 뻔했다. 이유미 입술 옆에 난 구각염 상처를 보고 있자니 안쓰러웠다. 아무래도 복싱이 유미 체력에는 무리였나 보다.

쇼를 해야만 했다. 보란 듯이 제자리 뛰기를 했다. 나, 안나겸이 건재하다는 것을 유미에게 보여줬다.

"줄넘기가 정말 효과가 있나 봐. 서서히 다리에 힘이 생기네? 빨리 가."

유미가 웃었다. 유미는 알 것이다, 내가 괜히 허세를 부린다는 사실을. 유미는 내 의도를 충분히 읽고 돌아서서 갔다. 유미가 골목 모퉁이로 사라지기 무섭게 나는 바닥에 무릎을 꿇었다. 마음 같아서는 길에 그대로 눕고 싶었다. 고개를 들어 럭키 체육관 간판을 노려보았다.

"괜찮냐?"

도석환이었다. 쓰러진 옛 친구를 위해 손이라도 내밀어줄 줄 알았는데 녀석은 운동복 바지 주머니에 손을 넣고만 서 있었다. 나는 아무 일 없었다는 듯 바닥에서 일어나 먼지 묻은 바지를 터는 시늉을 했다. 그리고 그 순간 1층 빵집 유리창에 비친 나를 발견했다.

'흐헉!'

비명이 입 밖으로 튀어나오려는 것을 목구멍 안으로 삼켰다. 그 바람에 과호흡이 왔다. 추노가 따로 없었다. 아니다. 쫓기는 도망 노비가 지금 내 꼴이었다. 얼굴은 벌겋고 머리는 산발이었다. 유리창에 또 다른 누군가의 시선이 나를 따라왔다. 도석환이 날 보고 피식 웃었다. 아주 짧은 순간이었지만 나에게 딱 걸렸다. 나는 유리에 비친 도석환을 향해 눈을 흘겼다.

"집까지 태워줄까?"

도석환이 담벼락에 세운 자전거를 가리켰다. 덥석 제안을 받아들이고 싶었지만 거절할 수밖에 없었다. 첫째, 내 몸무게는 남의 자전거를 얻어 탈 준비가 아직 되어 있지 않았다. 둘째, 내 체력의 건재함을 도석환에게 보여주고 싶었다. 셋째, 몸에서 쉰내가 너무 났다.

"아니. 혼자 갈게. 스트레칭할 겸 걸어서 가려고."

"그래, 그럼."

도석환은 두 번 묻지 않았다. 자전거 자물쇠를 푸는 녀석의 등을 있는 힘껏 노려보는데, 누군가 뒤에서 날 끌어안았다.

"안나겸! 살아 있네. 유미 말로는 죽기 일보……."

권오늘이 날 번쩍 안아 들었다. 그 소리에 도석환이 우리를 돌아보았다. 무표정한 도석환의 눈매에 웃음기가 살짝 비쳤다 사라졌다.

"안나겸 천하무적이라 절대 죽지 않지. 잘 가라."

도석환이 여전히 단답형이라 했던 말은 취소다. 이제 보니 얘는 외모뿐만 아니라 못 본 사이 말수도 업그레이드된 것 같았다. 자전거에 올라탄 도석환이 유유히 골목을 빠져나갔다. 나는 그제야 도석환의 자전거가 뒷좌석 없는 사이

클이란 걸 알아챘다.

"쟤 누구야?"

권오늘이 나와 같은 방향을 주시하고 있었다. 난도 최강의 수학 문제를 발견했을 때의 눈빛이었다.

"있어, 정신 나간 놈."

안장도 없는 사이클로 날 어떻게 집까지 태워준다는 거냐? 럭키 체육관에서 찾으려던 내 행운은 어디쯤에 있는 건지 갑자기 궁금해졌다.

 **안나겸의 물렁살 타파 복싱 도전기 Day 7**

잽: 주먹을 뻗어 상대와 나 사이의 거리를 파악하고 견제하는 펀치

상대를 알아야 이기든 말든 하는 거다.

그런데 도석화니…… 너는 도통 헷갈린다.

훅
나만의
리듬

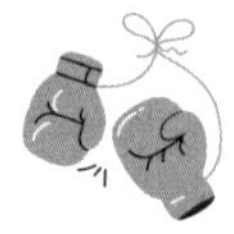

녹초가 되어 집에 갈 기운조차 없었다. 이 와중에 같이 복싱하자고 손이 발이 되도록 빌어도 꿈쩍 않던 권오늘이 유미의 메시지 한 통에 달려올 줄 몰랐다. 감동이었다.

"업어줘?"

권오늘답지 않게 농담까지.

"야, 내 몸무게 지금 인생 최대치야."

"못 걸길래 난 또 하루 만에 살이 다 빠진 줄 알았지."

농담도 냉정하게 내리꽂는 재주가 권오늘에게는 있었다. 그런데 이상하게도 그 농담이 불쾌하지는 않아서 늘 신기했다. 우리는 어깨를 나란히 하고 천천히 걸었다. 걸음이 빨라 늘 앞서가던 권오늘의 그림자가 오늘은 내 곁에 딱 붙어 있었다.

"복싱한다더니 맞고 왔어?"

나도 안다, 내 꼴이 어떤지. 머리는 산발이고 심장을 쥐어짤 듯 호흡한 덕에 뺨이 불타는 고구마 같을 것이다. 오늘은 그 누가 나를 약 올려도 참을 수 있을 만큼 피곤했다.

"공격이 최상의 방어인 거 모르나 보네, 안나겸. 아까…… 그 남자애한테 맞았나, 심장을?"

체육관에서 오늘 한 운동이라곤 목구멍에서 피 맛이 날 정도로 죽어라 줄넘기를 뛴 게 전부였지만, 굳이 권오늘한테 진실을 말할 필요는 없었다. 뒤늦게라도 권오늘이 우리와 함께 운동을 하길 바랐다. 권오늘의 마음을 조금이라도 돌려보고자 나는 안 관장님이 보여준 새도복싱 동작을 떠올리며 "슉, 슈슉" 입으로 소리 내고 몸을 움직여 보였다. 머릿속 시뮬레이션과 다르게 발동작이 제멋대로였다. 코끼리 같은 하체라고 늘 놀림을 받았는데, 정작 하체 힘은 코끼리가 아니라 소금쟁이 수준이었나 보다. 몇 번 하지도 않았는데 종아리 근육이 땅겼다. 쥐가 나려는지 다리가 찌릿했다.

"안 되겠다. 가는 길에 제니 수제비 들를까? 아니면 매콤 떡꼬치?"

하나같이 거부할 수 없는 멘트만 골라서 하는 권오늘의 천부적인 재능은 노력의 결과일까, 타고난 DNA일까? 거절할 새도 없이 권오늘이 내 가방을 빼앗아 들고 앞장섰다.

전국 매출 3위를 기록한 우리 동네 편의점의 최고 인기 품목은 바나나우유도 삼각김밥도 아닌 수제 매콤 떡꼬치였다. 편의점 매니저인 구본희 언니가 개발한 간식인데 대박이 났다나 뭐라나. 문제는 대량 생산이 아니라 매일 먹을 수 있는 떡꼬치가 아니란 사실이다.

"먼저 갈 테니 천천히 와."

한 무리의 초등학생이 우리 곁을 지나 편의점 쪽으로 향하자 갑자기 권오늘이 뛰기 시작했다. 초등학생 무리를 지나쳐 편의점으로 달려 들어가는 권오늘의 뒷모습을 보면서 실없이 웃고 말았다.

편의점으로 들어가자 득의양양한 표정으로 매콤 떡꼬치를 들고 서 있는 권오늘을 발견했다. 우리는 창가에 나란히 앉아 떡꼬치를 입에 물었다. 한발 늦은 초등학생들이 옆에서 치즈를 잔뜩 녹인 불닭볶음면에, 우유 크림빵, 만두, 닭꼬치……까지 잔치를 벌였다. 나는 치즈 토핑이 가득한 불닭볶음면을 흘끔 보고 주먹을 쥐었다. 주먹이 풀리면 폭주할 것 같았기 때문이었다. 대신 떡꼬치를 최대한 천천히 씹었다. 매운 소스가 입안에 향긋하게 퍼졌다.

권오늘이 맑은 보리차를 내 앞에 스윽 밀어주었다. 시원했다.

“안나겸, 인생은 순리대로 사는 거라더라. 우리 나이 때는 살이 쪄야 인간적인 거야.”

틀린 것 하나 없는데 권오늘 말에 괜히 발끈해서 마음에도 없는 소리를 툭 내뱉었다.

“너 살면서 한 번도 과체중이었던 적 없지?”

어릴 때도 오빠는 말랐다고 보약을 먹이고 나는 알아서 잘 먹는다고 영양제 한 알 얻어먹지 못했다. 오래 묵은 서러움이 엉뚱한 장소에서 이제야 밀려들었다. 속상한 마음은 제 갈 길을 잃고 엉뚱한 방향으로 몸을 틀더니 짜증으로 돌변해 폭발하고 말았다.

“짜증 나, 짜증 나! 권오늘 너는 왜 나랑 같이 복싱 안 하냐? 내가 그렇게 같이 하자고 부탁했는데도……. 넌 나 같지 않아서 평생 내 기분 모를 거야. 알 수가 없지.”

종로에서 뺨 맞고 한강에서 눈 흘긴다는 옛말은 조상들이 나 같은 애를 예측하고 만든 말인 듯했다. 누구에게라도 화풀이해야 딱딱하게 뭉친 근육이 풀릴 것만 같았다. 혼자서 북 치고 장구 치며 난리인 나를 보고도 권오늘은 무반응이었다. 이쯤 되니까 모골이 송연해졌다.

"짜증 다 냈어, 안나겸?"

'왜 이러는 거지? 무섭게.'

몸이 힘들면 마음이 먼저 지친다는 게 딱 맞는 말이다. 떡꼬치를 먹다 말고 무슨 추잡스러운 짓인가 싶어서 테이블에 고개를 묻고 엎드렸다.

"안나겸, 너 매번 살과의 전쟁을 선포하니까 이번에도 그러려니 했거든? 그런데 블로그에 쓴 기록 보고 내가 응원해 주려고."

블로그 기록이라면 럭키 체육관에 처음 찾아간 날부터 쓰기 시작한 복싱 도전기를 말하는 듯했다. 입회원서에는 한 마디도 제대로 못 쓰고 치킨만 덜렁 받은 채 쫓겨나니 괜히 오기가 생겨 잘 알지도 못하는 복싱 용어까지 찾아가며 앞으로의 성장담을 써보겠다고 한 건데, 권오늘이 그걸 읽었다니. 의욕에 넘쳐서 한 아무 말 대잔치에 권오늘이 마음을 빼앗겼을 것이라고는 상상조차 하지 못했다.

권오늘은 그랬다. 늘 덤덤한 어투로 고개 숙인 나를 일으켜 세웠다. 그러고는 마지막으로 내 가슴에 쐐기를 박는 말을 흘렸다.

"세상을 향해 힘껏 주먹을 내지르겠다 했던 네 말, 좀 멋졌다."

사실 그 멘트의 숨은 의미는 '날 살찌게 만든 세상의 모든 디저트와 고칼로리 음식을 향해 주먹을 날리고 싶다'였다. 내 허벅지 살의 8할은 스터디카페 앞 봉봉 분식의 치즈라면과 짜장떡볶이, 왕돈까스, 순대의 책임이었고, 탄력 없이 덜렁거리는 팔뚝 살은 디저트 카페의 달달한 음료와 레드벨벳 케이크, 블루베리 치즈 타르트의 책임이 컸다.

엄마는 이 변명을 듣고 콧방귀도 안 뀌었다. 세상에 핑계 없는 무덤 없다더니 내 꼴이 딱 그 증거라며 쓴소리를 했다. 엄마는 초등학교 졸업 이후의 삶은 내 책임이라고 누누이 강조했다. 성적도, 성격도, 줄어들 줄 모르는 몸무게까지도 전적으로 내가 관리하고 책임져야 할 문제라고 말이다. 인생은 책임의 연속이며 책임 완수의 과정을 통해서 진짜 어른이 되어간다는 엄마의 말에 나는 주먹을 제대로 휘두르기도 전에 공격을 위해 나아가는 스텝이 아닌 뒤로 빠지는 백스텝을 밟을까 봐 사실 겁이 났다.

"미안."

"피곤하면 그렇지. 당 떨어지면 그냥 초코바라도 먹어. 스트레스받지 말고."

"그건 됐고."

“흠…… 그러면 스트레스받지 않게 그 애 얼굴 뚫어져라
보면서 운동해.”

나는 뒤를 돌아보았다. 권오늘이 오늘따라 내가 아닌 다
른 사람과 대화를 나누는 것처럼 알쏭달쏭한 소리를 했다.

“정신 나간 놈. 체육관 앞에서 봤던 개…… 잘생겼더라,
운동이 저절로 될 만큼.”

남은 매콤 떡꼬치를 한입에 다 넣고 씹어 먹는 권오늘의
입가가 씰룩거렸다.

＊ ＊ ＊

급식이 꿀맛이었다. 복싱을 시작하고 신체 리듬이 기묘
하게 변했다. 꼭두새벽부터 밥 생각이 났고, 자려고 누우면
몇십 분은 뒤척이던 내가 베개에 머리만 닿으면 기절했
다. 다이어트를 이유로 급식은 대충 건너뛰기가 일쑤였는데,
2교시만 지나면 열린 창문을 통해 흘러 들어오는 음식 냄새
에 뱃속이 요동쳤다. 줄넘기하는 발동작은 조금씩 가벼워
졌고, 줄에 걸리는 횟수도 줄어들었다.

“오늘 닭볶음탕이네. 단백질이니까 두 번 먹어도 괜찮을
거야.”

유미가 내 식판에 닭 가슴살 한 조각을 덜어 주었다. 괜찮다고 사양하기도 전에 유미가 눈을 찡긋했다. 나는 답례로 내 두부 부침을 유미에게 나눠 주었다.

"권오늘. 오늘 그 정신 나간 도석환, 체육관에 일찍 오는 날이다. 너 같이 안 갈래?"

나는 휴대폰을 슬쩍 권오늘 앞에 밀어놓았다. 화면에는 샌드백을 치는 도석환의 사진이 가득했다. 숨어서 찍는 바람에 구도나 선명도가 별로였지만 도석환이 복싱에 얼마나 진심인지 여실히 드러난 사진들이었다. 살면서 권오늘이 남자한테 관심을 보인 것은 도석환이 처음이었다. 정신 나간 놈이라고 분명히 말했음에도 불구하고 피식거리고 웃기까지 했으니까.

"우리랑 같이 럭키 체육관 가면 매일 애가 얼마나 정신 나간 놈처럼 주먹 휘두르는지 알게 될 거야."

유미가 몸을 기울여 내 휴대폰을 엿봤다. 이게 다 뭐냐는 눈빛을 보냈지만 나는 무시하고 권오늘에게 체육관 영업을 계속했다. 싫다는 애 붙잡는 건 그만둬야 하지 않을까 싶기도 했지만 나는 우리 셋, 쓰리 걸스가 언제나 함께이길 바랐다.

쓰리 걸스, 늘 셋이 붙어 다니는 우리를 아이들은 이렇게 불렀다. 몇몇은 셋은 홀수니까 조만간 한 명이 떨어져 나갈 것이라고 질투 섞인 예언을 하기도 했지만, 쓰리 걸스는 언제나 셋이었다. 그러니 유미도, 권오늘도 나와 같은 마음이지 않을까?

"나겸아, 오늘이는 공부하느라 신경 쓸 게 많겠지."

유미의 말에 나는 투덜거렸다.

"야, 언제나 한 몸처럼 같이 움직여야지. 우리는 베프잖아. 안 그래, 권오늘?"

나는 친구라면 함께 보내는 시간이 절대적으로 많아야 한다고 믿었다. 나중에 자라면 같이 붙어 있고 싶어도 얼굴 보기도 힘든 시간이 올 테니까.

"안나겸, 나 돈 없어."

권오늘은 쿨하게 한마디만을 남긴 채 또다시 내 제안을 거절했다. 권오늘이 아무리 칼같은 성격이라지만, 이 정도로 단호한 적은 또 없었던 것 같았다.

"쳇."

다음을 다시 기약하며 작게 내뱉는 투정에 유미가 슬쩍 닭 가슴살을 한 조각 더 내 식판 위에 얹어 주었다.

* * *

아무래도 수상했다. 허둥대는 모습이며 휴대폰을 든 손이 떨리는 것하며 발을 구르는 모습까지 예사롭지 않게 다가왔다. 권오늘과 둘이 하교하던 길에 수상한 장면을 목격했다. 건물 옆에 설치된 ATM에서 돈을 다 찾은 할머니는 숨을 몰아쉬더니 부스 문을 열고 나오기 전에 다시 한번 심호흡을 했다.

"오늘아, 안 되겠다. 저 할머니, 수상해."

"쓸데없는 상상하지 마. 네 예측이 틀릴 수 있어. 요즘 은행에서 보이스 피싱 때문에 출금액 제한해."

권오늘의 지적에도 내 상상력은 이미 날개를 달고 할머니 뒤를 쫓았다. 만약에 할머니가 협박을 당해 며칠에 걸쳐 돈을 인출해서 모으고 있었다면? 범죄자들이 요구한 돈을 오늘 이 순간 다 출금해서 건네주러 가는 것이라면?

"안 되겠어."

나는 할머니를 향해 달려 나갔다. 등 뒤에서 권오늘이 불렀지만, 지체하는 순간 할머니의 소중한 노후 자금일지 모르는 돈이 날아갈 가능성을 배제할 수 없었다. 오지랖이라고 해도 어쩔 수 없는 일이 세상에는 있는 법이다.

한숨을 쉬던 모습과 달리 할머니의 발은 빨랐다. 축지법이라도 쓴 건지 보이지 않았다. 골목을 내달리던 중 외진 끝자락에서 할머니를 발견했다. 할머니는 오토바이를 탄 남자와 실랑이를 벌이고 있었다.

“안 돼요, 할머니!”

슬리퍼를 신고 나온 탓에 뛰는데도 제자리에서 동동거리는 기분이었다. 설상가상으로 나는 백 미터를 20초대에 달리는 사람이었다. 내가 뜀박질로 따라잡을 수 있는 범인은 세상에 없을 것이다. 포기해야 하나 망설이는 순간, 쌩하니 바람이 일었다. 권오늘이 할머니를 향해 달려갔다. 그러나 역부족이었다. 오토바이를 탄 남자는 이미 할머니를 뿌리치고 달아난 후였다. 바닥에 나동그라진 할머니에게 권오늘과 내가 다가갔다.

“할머니, 괜찮으세요? 안나겸, 빨리 119 구급차 불러.”

바닥에 엎드린 할머니가 너무 작고 왜소해 보여 눈물이 핑 돌았다. 세상은 왜 노인에게 저런 잔혹한 보이스 피싱범을 보냈을까 욕지기가 나왔다. 휴대폰으로 신고를 하려는데, 바닥에 웅크려 있던 할머니가 손을 뻗어 나를 만류했다.

“고마워요. 난 괜찮아, 학생들.”

말만 그렇게 할 뿐 할머니는 전혀 괜찮지 않았다. 넘어지면서 발목을 다친 것 같았다. 권오늘과 내가 부축했지만 할머니는 제대로 서지 못하고 다시 바닥에 주저앉았다. 신음 소리를 내지 않으려는지 주름이 자글자글한 입술을 꼭 깨물고 있었다.

"이 근처에 병원 있는데 모셔다드릴게요. 치료받으셔야 해요, 할머니."

"일단 112에 신고가 먼저야. 그리고 보호자분께 연락해 드릴게요."

역시 권오늘이다. 사태 파악이 확실했다. 그러나 할머니가 권오늘의 휴대폰을 순식간에 낚아챘다.

"신고하지 마요! 내 아들이야."

세상은 넓고, 망나니는 존재했다. 할머니 입에서 흘러나온 '아들' 소리에 놀라 입이 저절로 벌어졌다. 불효막심한 놈이란 관용 표현을 내 눈으로 직접 목격하다니! 권오늘이 내게 표정 관리하라는 듯 눈을 찡긋거렸다.

할머니를 부축하며 근처 병원으로 가는 동안 대충 설명을 들었다. 아들의 사정이 어려워서 생활비를 건네준 것이라고 말이다. 새빨간 거짓말이 틀림없었다. 세상에 어떤 아들이 자기 엄마의 돈을 빼앗듯 가져가겠는가. 오토바이에서 내려서 무릎 꿇고 받아도 모자랄 판국에 엄마를 밀치고 달아난다고? 내가 아무리 효도 경력이 제로 꽝인 딸이라도 그 정도 상식은 갖고 있었다. 할머니는 넘어지면서 다쳤는지 벌어진 무릎에서 피가 배어나고 있었다.

병원에 도착해서 접수를 마치고 보호자가 올 때까지 권오늘과 내가 할머니 곁에 있기로 했다. 분초를 따져가며 공부를 하는 권오늘이 불평 없이 함께 있어주었다. 고마움과 동시에 미안한 마음이 들었다. 내 오지랖이 권오늘의 시간을 빼앗는 것 같았으니까.

"먼저 스터디카페 가도 돼. 여긴 내가 있다가 갈게."

"됐어, 안나겸. 머릿속으로 영어 단어 외우고 있으니까 말 시키지 마."

평소와 똑같이 건조한 권오늘의 말투가 묘하게 나를 안심시켰다. 할머니가 우리에게 말을 건넸다.

"난 괜찮으니까 이제 그만 가봐요. 오늘 너무 고마웠어, 학생들."

할머니는 우리에게 사례를 하고 싶다며 연락처를 물었다. 나는 괜찮다며 손사래를 쳤고, 권오늘은 할머니에게 사례를 할 만큼의 사건이 아니라서 대가를 받는 것 자체가 성립되지 않는다며 조목조목 설명했다. 권오늘의 설명에 할머니는 감탄하는 눈치였다. 그래도 고마웠는지 할머니가 주머니를 뒤적이더니 내 손에 뭔가를 쥐여주었다. 계피 사탕이었다.

"목이 확 뚫려서 내가 좋아하는 사탕이야. 가슴 답답할 때 먹으면 좋아."

손바닥 위의 계피 사탕이 날 슬프게 만들 줄 몰랐다. 할머니는 얼마나 많은 가슴 답답한 날을 이 사탕에 의지하면서 버텼을까? 세상에서 제일 쓴 사탕이었다.

"김간난 회원님!"

할머니를 부른 사람은 간호사가 아니었다. 익숙한 실루엣이 이쪽으로 다가왔다.

* * *

진료실에서 나오는 할머니를 향해 안 관장님이 한달음에 달려왔다. 그 행동이 어찌나 재빠른지 할머니를 부축하고 있던 간호사가 흠칫 놀라 뒤로 물러섰다.

"김간난 회원님, 업혀요."

안 관장님은 대뜸 내게 손잡이가 뜯긴 할머니의 에코백을 건네더니 할머니 앞에 자기 등을 들이밀었다. 말로만 듣던 VIP 서비스가 눈앞에 펼쳐진 순간이었다. 아무리 할머니가 안 관장님보다 작은 체구라고는 하지만 아들이 업어 주는 것도 아니고 관장님 등에 기다렸다는 듯 덥석 업히기 는 꺼려질 것이다.

"됐어요, 안 관장. 괜찮아."

하긴 지금의 안 관장님 차림새를 본다면 나라도 안 업히 겠다. 땀에 흠뻑 젖었는지 검정 반소매 티셔츠에 하얀 소금 기가 말라서 얼룩져 있었다.

"잔말 말고 업혀요. 댁에 안 가실 거예요?"

안 관장님은 할머니 앞에 쪼그려 앉더니 업히지 않으면 병원 바닥과 혼연일체가 될 기세로 고집을 부렸다. 그러고 는 결국 할머니를 덥석 업었다.

"안나겸 회원님, 목발 좀 들어줘."

나는 황급히 할머니의 목발을 들고 안 관장님의 뒤를 따 랐다. 요령 있는 권오늘이 재빨리 병원 밖으로 나가 엘리베 이터를 잡았다.

"그만 내려줘."

"시끄러워요. 발목 깁스가 뭡니까, 회원님? 늙으면 뼈도 잘 안 붙는데."

대화 내용이 걱정인지 저주인지 애매모호한 경계를 오 가고 있었다. 엘리베이터 안 공기가 답답하게 느껴졌다. 뭔가 들으면 안 될 분위기인데 억지로 귀를 막을 수도 없고 난감했다.

"규성이 그 새끼예요? 내가 이번에는 진짜 그냥 못 넘어가겠네."

"안 관장이 그냥 못 넘어가면 어쩔 건데? 남의 귀한 아들을 그렇게 함부로⋯⋯."

"아들은 무슨 놈의 아들! 그 새끼가 아들입니까? 툭하면 엄마 돈이나 뜯어내는 게. ⋯⋯그런데 나겸 회원님 옆에 여긴 누구?"

권오늘이 뒤늦게 안 관장님에게 목례를 했다.

"권오늘이요. 나겸이 친구예요. 오늘 목격자 중의 한 명이고요."

딱 부러지는 권오늘의 설명이 마음에 들었는지 안 관장님이 고개를 끄덕였다.

"그 새끼가 어떻게 했어요? 힘없는 노인네 바닥에 패대기쳤지?"

안 관장님의 거침없는 언어 구사력에 당황스러운 마음도 잠시, 할머니를 밀치던 남자의 모습이 떠오르자 괘씸함이 명치를 치고 올라왔다.

"패대기는 아닌데 뭐 비슷했어요. 할머니를 이렇게⋯⋯

여기를 있는 힘껏 밀었거든요.”

나도 모르게 할머니의 아들로 빙의해서 재연했다. 권오늘이 오버하지 말라는 듯 내게 눈짓을 보냈다.

“이제 당신 인생만 생각하시라니까. 그렇게 죽도록 연습만 하면 뭐합니까? 아들놈 정신 차리게 펀치 하나 못 날리면서 말이야.”

안 관장님의 등에 업힌 채 눈물을 훔치는 할머니를 보고 나는 입을 꾹 다물었다. 볼멘소리로 등에서 내리겠다는 할머니를 안 관장님은 조심스레 바닥에 내려놓았다. 그러고는 늘 있던 일인 것처럼 세심한 손길로 할머니를 살폈다. 바지 주머니에서 꺼낸 손수건으로 할머니의 눈가를 찍어 누르더니 흐트러진 머리를 쓱쓱 넘겨주었다. 누가 보면 안 관장님이 할머니의 아들인 줄 알겠다.

“울지 마요, 회원님. 더 이상 아들놈한테 끌려다니지 말고 회원님 인생 살아요. 언제까지 이럴 겁니까? 살날보다 죽을 날이 더 가까운 분이…….”

안 관장님의 직설적인 언사에 나도 권오늘도 눈이 튀어나올 뻔했다. 럭키 체육관에 등록한 이래 최고로 말 많은 안 관장님을 목격한 순간이었다.

“너무 망발 아니에요?”

항상 무표정한 권오늘이 왼쪽 눈썹을 한껏 치켜올렸다. 웬만한 일에는 감정을 드러내는 법이 없는 권오늘도 안 관장님의 말이 마음에 들지 않는가 보다.

"그러니까 1분 1초가 아깝다는 뜻이야, 친구분."

남의 죽을 날을 복싱 TKO처럼 카운트하는 안 관장님을 보고 있자니 약간 소름 끼쳤다. 그 와중에도 안 관장님이 할머니에게 퍼붓는 잔소리는 어마무시했다. 물론 걱정되는 마음에서 시작했겠지만, 점점 의기소침해지는 할머니를 보고 있자니 안쓰러운 마음이 들기까지 했다.

"제가 부축해 드릴게요."

평소 권오늘답지 않게 이렇게 끼어들어서라도 할머니를 관장님의 잔소리에서 구해주고 싶었나 보다.

"도와줘서 고마워요. 진짜 학생들 아니었으면 큰일 날 뻔했어."

"고맙긴요. 럭키 체육관에 다니는 사람이라면 휘두르는 강한 주먹만큼 건강한 마음을 갖자, 당연한 것 아닙니까?"

안 관장님의 말에 권오늘이 콧방귀를 뀌었다. 허세가 가득한 문장이라고 느낀 게 틀림없었다. 체육관에 등록하는 회원이라면 누구나 암기해야 하는 문장이었는데 말이다.

우리는 건물 밖에 주차된 빨간 소형차 앞에서 멈췄다.

안 관장님의 덩치와 달리 앙증맞은 차였다. 차의 뒤쪽 안테나에 작은 권투 글러브 장식이 매달려 있었다. 나는 안 관장님과 소형차를 번갈아 보며 새삼 생각했다.

'자기 정체성은 절대 잊지 않는 사람이구나.'

우리의 부축을 받아 조수석에 앉은 할머니는 몇 번이나 고맙다고 우리에게 고개를 숙이며 인사했다. 그 바람에 우리도 할머니를 향해 몇 번이나 연거푸 허리를 숙여 인사를 건넸는지 모르겠다.

"그만하세요. 애들 번거롭게 만드네, 것참."

그러더니 안 관장님이 권오늘에게 열쇠고리를 건넸다. 얼결에 열쇠고리를 받은 권오늘이 안 관장님에게 의아한 눈빛을 보냈다.

"선행에는 보상이 있어야지. 이거 옥탑방 열쇠고리인데, 안나겸 회원님이랑 체육관 와요. 우리 체육관 무료 이용권이랑 바꿔줄게, 권오늘 예비 회원님."

안 관장님의 깜짝 선물이었다. 이럴 줄 알았으면 나도 관장님 앞에서 착한 일 하고 회비 면제받을 걸 그랬나?

에코백에서 뭔가를 꺼낸 할머니의 손에 번쩍이는 물건이 눈에 띄었다. 자개 장식이 화려한 명함 케이스였다. 딸깍 소리와 함께 명함 케이스가 열리더니 할머니가 내 손에 명함을 쥐여주었다.

"난 말로만 고맙다고 인사하는 사람은 아니라서, 흐흥. 나중에 내가 신세 갚을게요. 여기로 연락 꼭 주고. 부탁해요, 학생들?"

지쳐 보였으나 다정하게 웃는 눈매가 정겨운 할머니였다. 그 정겨움에 홀린 듯 나도 모르는 사이 눈앞에서 멀어지는 빨간 소형차를 향해 손을 흔들고 있었다.

"안나겸. 그만 손 흔들어. 그나저나 명함에는 뭐라고 쓰여 있어?"

명함이 있는 할머니는 처음이었다. 그제야 명함을 살펴보았다. 전혀 예상하지 못한 글자가 눈에 들어왔다.

"시니어 액션 배우 김, 간, 난."

＊ ＊ ＊

운동을 시작하기도 전부터 난관이다. 럭키 체육관 외벽 간판을 보고 주먹을 불끈 쥐어봤자 계단을 오르는 건 내 주먹이 아니라 두 다리였다. 출입구에 발을 딛기도 전에 전의를 상실하게 만드는 체육관이라니!

"위치 선정 한번 대단하네."

럭키 체육관이 위치한, 엘리베이터도 없는 5층짜리 건물을 올려보며 권오늘이 뒷짐을 졌다.

1층은 지난번 유미와 함께 들르기도 했던, 동네 맛집으로 소문난 빵집. 시시때때로 빵 굽는 냄새에 식욕이 도져 고문이 따로 없었다. 2층은 타이 마사지 전문 샵. 복싱으로 몸살 난 나 자신을 돌아보면서 계속 다녀야 하나 마나를 고민하게 만들 수도 있겠다. 3층은 사주 타로집이다. 내 팔자에 복싱과 인연이 있는지 물으러 갈 날이 곧일 듯했다. 한마디로 4층에 있는 체육관까지 오르내리는 일은 유혹을 이겨내는 데에서 출발한다고나 할까. 안 관장님이 회원들의 멘털을 시험하고자 일부러 이 건물에 체육관을 차린 게 아닌가 하는 의구심이 들 정도였다. 무엇보다 오래된 건물답게 계단이 가팔랐다.

"첫날부터 힘들 거야."

나는 권오늘에게 겁을 줬다. 나도 운동 첫날 집에 돌아가 밤새 끙끙 앓았다. 뭐든 쉽게 습득하는 권오늘이라고 해도 늘 책상에 앉아서 공부만 하던 애가 안 관장님의 훈련을 버텨내기란 쉽지 않을 것이다. 안 관장님 말에 따르면 체력은 하루아침에 하늘에서 떨어지는 게 아니라고 했다.

"힘드니까 운동이지. 안 힘들면 그게 운동이겠어? 계단으로 올라가면 준비운동은 따로 안 해도 되겠네.”

권오늘의 럭키 체육관 첫 방문 말고도 오늘이 특별한 이유는 한 가지가 더 있었다. 줄만 넘기다가 끝나는 것 아니냐는 나의 푸념에 안 관장님이 약속했다, 다음 주를 기대하라고. 그 다음 주가 바로 오늘이었다. 계단을 오르느라 살짝 거칠어진 호흡을 가다듬고 체육관 문을 열었다. 문을 여는 순간, 내 입도 열렸다.

“아니, 이게 무슨…….”

날 맞이한 사람은 포대기에 웬 애를 업은 안 관장님이었다. 마룻바닥에 줄넘기 줄이 부딪히는 소리에도 관장님 등에 업힌 아이는 잠에서 깨어날 줄 몰랐다.

“여기 흥미로운 곳이네.”

권오늘이 내 옆에서 속삭이더니 무표정한 얼굴로 안 관장님에게 인사를 했다. 그러곤 주머니에서 안 관장님한테 받았던 열쇠고리를 건넸다.

“약속하신 무료 이용권 부탁드립니다, 관장님.”

당당한 권오늘의 모습에 흐뭇했다.

한편 뒤늦게 온 유미 역시 나와 같은 반응이었다. 안 관장님 등에 업힌 애를 보더니 유미는 뒷걸음질까지 쳤다. 오히려 처음 온 권오늘이 아무렇지 않게 관장님의 지시대로 차분히 줄넘기 줄을 넘기기에 여념 없었다. 같이 오자고 할 땐 그렇게 사양했으면서 왜 이렇게 첫날부터 열심이냐는 내 물음에 권오늘은 "공짜라고 함부로 설렁설렁해도 된다는 건 아니야. 무료인 만큼 뽕 뽑고 갈 거야"라고 제 다짐을 알렸다.

몸을 좌우로 흔들며 등에 업은 아이를 어르는 관장님이 낯설었다.

"뭐예요?"

내 시선이 어디에 닿았는지 알아챈 안 관장님이 별일 아니라는 듯 땀방울이 떨어진 마룻바닥을 대걸레로 밀면서 대답했다.

"품앗이지."

체육관에서 품앗이를 배우게 될 줄 꿈에도 상상한 적이 없었다. 애 하나 키우는 데에 온 동네가 필요하다는 말을 어딘가에서 들은 것 같은데, 그 현장을 내 눈으로 직접 목격하게 될 줄이야.

"관장님 결혼…… 하셨어요?"

"안나겸 회원님. 넌 나를 뭘로 보고."

'유부남, 아저씨요.'

나는 두건 속에 가려진 안 관장님의 빡빡 민 머리 상태를 알고 있다. 그 정도로 머리칼이 부족한 나이라면 당연히 결혼했을 줄 알았다. 안 관장님이 몸을 틀어 포대기에 업은 아이를 내 쪽으로 향하게 했다.

"해준이야. 우리 체육관 최연소 회원."

자기소개하는 것을 눈치채기라도 한 건지 업힌 아이가 칭얼거렸다. 아이는 세 살 정도 되어 보였다. 안 관장님은 행여 잠든 아이가 깰까 몸을 사려도 모자랄 판국에 갑자기 몸을 돌려 샌드백을 치기 시작했다. 제정신인가 싶은 예측 불허의 상황에 나는 눈만 껌뻑거리며 관장님의 행동을 쳐다볼 뿐이었다. 희한하게도 아이는 다시 깊게 잠들었다. 샌드백 치는 타격 소리가 자장가로 들렸던 건지, 그것도 아니면 안 관장님의 주먹과 샌드백이 맞부딪치는 마찰 진동에 안정감을 느꼈는지, 아무튼 아이는 잠에서 깨지 않았다.

탁, 타닥, 탁, 타닥.

흐트러짐 하나 없는 견고한 타격 자세에 넋을 잃은 것일까. 아니면 등에 업힌 아이가 타격의 흔들림에도 쌔근쌔근 잠든 모습에 감동이라도 한 걸까. 나조차 내 상태를 설명할 수 없는 순간이었다.

"준비운동 다 했어?"

어느 틈에 도석환이 내 옆에 나타났다. 흘낏 보니 손목에 파스를 붙인 채였다. 어디서 뭘 하고 다니는지 부상을 입은 모양인데 복싱 때문은 아닌 듯했다. 왜 다쳤냐니까 세상을 들어 올리는 중이라고 알 수 없는 소리만 해댔다. 나 살기도 바쁜 세상인데 이상하게 도석환의 세상이 어떤 모습인지 궁금해졌다. 도석환에게 네 세상을 엿보고 싶다고 한 번만 구경할게라고 부탁한다면 순순히 들어줄까?

"저 어린이, 관장님이 숨겨둔 아들이야?"

막장 드라마에나 나올 법한 내 상상력에 기가 찼는지 도석환이 솥뚜껑만 한 손바닥으로 내 머리통을 꾹 눌렀다.

"야, 머리 만지지 마라."

"해준이, 예전에 우리 체육관에 다니던 누나의 아들이야. 오늘 아마도 해준이 맡길 곳이 없었나 보네."

참으로 오지랖 넓은 체육관이다. 현 회원도 아니고 전 회원의 어린 아들내미까지 봐주는 곳이 있다니 놀랍다. 안 관장님이 업종 변경이라도 할 모양인가? 해준이를 봐줄 할머니나 할아버지는 없는 거냐고 묻자, 도석환은 대답 대신 내 손에 줄넘기를 쥐여주었다.

나란히 서서 줄넘기를 시작했다. 어느새 권오늘도 우리 곁에 서서 함께 뛰었다. 이렇게라면 세 세트가 아니라 이제는 다섯 세트라도 문제없었다. 비록 높이는 다르지만 친구들과 어깨를 나란히 하고 함께 뛰고 있으니까. 거울에 비친 권오늘이 나와 도석환을 바라보며 줄넘기를 하고 있었다. 분명 힘들어야 정상일 것인데 권오늘은 말간 얼굴로 묵묵히 줄을 넘겼다.

"관장님, 오늘은 재미난 새 기술 가르쳐주신다면서요?"

줄넘기는 줄넘기다. 조금씩 익숙해져 간다고 해도 숨이 턱끝을 치고 올라오기는 여전했다. 그래도 힘든 것도 점점 요령이 생기는지 숨을 고르는 속도가 전보다 빨라졌다. 벽면 거울에 비친 내 모습은 이미 땀범벅이었다. 콧속으로 쉰내가 들어오는 듯했다.

등에 해준이를 업은 안 관장님이 우리 앞에 섰다. 합류한 유미와 권오늘이 안 관장님의 모습을 보더니 내게 묻는 듯한 눈빛을 보냈다.

"회원님들, 복싱은 스텝에서 모든 판가름이 납니다. 오늘 그 복싱 풋워크의 진수를 보여주지."

솔직히 주먹과 발동작이 함께 어우러진다는 것이 나에게는 쉽지 않은 과제였다. 능숙하게 몸을 쓰는 도석환이 부러웠다. 몇 번이고 스텝을 속성으로 익히는 방법을 알려달라고 애원했지만, 융통성 없는 도석환의 대답은 한결같았다. 연습만이 살길이라고 말이다.

"복싱 스텝 역시 리듬이라는 점. 사람마다 제 몸의 리듬이 있다."

안 관장님은 느슨해진 포대기 끈을 더욱 단단히 여몄다. 그 모습이 하도 비장해서 어처구니가 없었다.

"특히 안나겸 회원님, 나를 잘 봐라."

애를 들쳐 업은 안 관장님이 어디서 많이 본 듯한 스텝을 현란하게 밟았다. 그 스텝은 옛날 옛적 화질 낮은 영상 속에서나 봤던 셔플 댄스였다. 귓가에서 셔플 댄스 음악이 맴돌았다. 안 관장님의 발동작은 일사불란하게 각이 잡혀 있는데, 몸의 중심은 전혀 흔들리지 않았다. 그러는 와중에 등에 업힌 해준이가 드디어 잠에서 깼다. 안 관장님은 등에서 꼼지락거리는 해준이를 감지하고 두 손을 뒤로 뻗어 해준이의 엉덩이를 토닥이는 것까지 잊지 않았다. 역동적인 움직임에 비해 다독이는 손길이 정다웠다.

"다 같이 시작!"

안 관장님의 구령에 맞춰 모두 셔플 댄스를 추기 시작했다. 복싱과 셔플 댄스의 상관관계를 꼬치꼬치 따질 것 같았던 권오늘도 어쩐 일인지 군말 없이 안 관장님의 동작을 따라 했다.

"셔플 댄스를 추면서 복싱을 할 수 있어?"

내 물음에 도석환이 바람 빠지는 소리를 내며 웃었다.

"알리 셔플이야, 이거."

전설적인 복싱 선수 무하마드 알리의 스텝이라는 것이다. 발뿐만 아니라 어쩐지 인생이 꼬이는 기분이 들었다. 처음에는 반 박자씩 놓쳤던 유미는 이제 누구보다 열심히 스텝을 익혔다. 권오늘의 미간이 찌그러진 것을 보니 못마땅해하는 게 분명한데, 언짢은 표정에 비해 스텝은 빠르고 정확했다.

"발 모으지 마! 모으는 순간 밸런스는 무너진다!"

꼬인 발로 허둥대는 나를 향해 안 관장님이 소리쳤다. 내가 몸치라는 사실을 깨닫는 순간이었다. 주먹 한번 제대로 휘두르기 위해 발까지 신경 써야 한다니! 승진 시험에 낙방하고 세상 쉽게 사는 법이 없다던 아빠의 푸념이 이해되었다.

"힘내, 안나겸."

곁에서 도석환이 파이팅을 외쳤다. 그러나 누구의 응원도 흐물거리며 무너지는 내 다리에 힘을 주지 못했다. 의지와 달리 다리가 따로 놀았다. 박자를 놓치던 유미까지도 알리 셔플의 달인으로 변하고 있었다. 혼자서만 뒤처지는 기분에 평정심이 와르르 무너졌다.

“지금은 스텝에만 집중! 스텝이 견고해야 주먹에도 힘이 실리는 법!”

안 관장님이 내 앞에 바싹 다가와서 현란한 복싱 풋워크를 선보였다. 포대기에 업힌 해준이가 어느새 잠에서 깨서 나를 멀뚱멀뚱 쳐다보고 있었다. 포대기에 애를 업고 내 코앞에서 알리 셔플을 선보이는 안 관장님의 열혈 지도에 웃어야 할지 울어야 할지 난감했다.

 **안나겸의 물렁살 타파 복싱 도전기 Day 14**

훅: 상대가 예상하지 못했을 때 측면을 파고들어 방심한 틈을 타격하는 펀치

잠깐. 김간난 할머니도 포대기에 업힌 해준이도

인생이 내 옆구리에 날린, 예상치 못한 훅인 걸까?

어퍼컷

언럭키

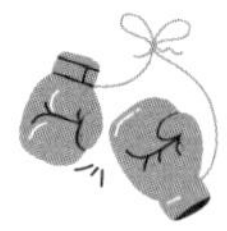

간혹 나이는 사람을 속이기도 한다. 쉭쉭 소리를 내며 돌아가는 줄의 속도는 빠르고 일정했다. 줄을 넘는 자세도 완벽에 가까웠다. 내가 줄을 넘길 때면 쿵쿵 바닥을 울리는 소리가 요란했는데, 지금 눈앞의 사람은 깃털처럼 움직였다. 줄을 잡은 이의 손목과 전완근, 어깨 근육과 등 근육이 리드미컬하게 움직였다. 딱 붙는 레깅스에 민소매를 입고 땀을 흘리는 모습이 근사해 보였다. 눌러쓴 캡 모자 사이로 삐져나온 흰 머리카락조차 인상적이었다. 저분이 바로 안 관장님이 말한 럭키 체육관 내 최고의 폼 타이틀의 주인인 것 같았다.

"부럽다. 나도 등에 저런 근육이 있으면 좋겠어."

유미의 말에 나도 고개를 끄덕였다. 물론 뼈가 도드라진 유미의 등과 살집이 있는 내 등에는 차이가 있다.

"죽도록 열심히 해서 만들면 되지."

나는 권오늘 말투를 흉내 냈다. 권오늘은 뭐든 명쾌해서 좋았다. 문제는 그 열심의 기준 또한 나와 많은 차이가 있다는 것이다.

"8, 9, 10. 오케이!"

저런 베테랑 회원에게도 줄넘기 수백 개를 시키는 것이 럭키 체육관의 기본인가 보다. 바닥에 있는 물통을 집어 든 줄넘기 고수가 돌아서서 모자를 벗는 순간, 나는 외마디 비명을 지르며 앞으로 뛰어나갔다.

"할머니이!"

"엄마야, 이게 누구신가?"

김간난 할머니였다. 할머니가 나를 살갑게 안았다. 나는 세 살 때 친할머니가, 네 살 때 외할머니가 돌아가신 탓에 할머니의 품이 어떤지 감이 안 왔지만 오늘은 그 따뜻함이 어떤 느낌인지 어렴풋이 알 것도 같았다.

"어머, 얘. 할머니가 뭐니?"

"연세가 어떻게 되시는데요?"

유미의 질문에 김간난 할머니가 손가락을 들어 보였다.

"헥? 칠, 공이요?"

방송국에서 취재 나올 일이었다. 일흔 살 할머니가 복싱 체육관의 다크호스라니! 나도 모르게 김간난 할머니의 차림새를 눈여겨보았다. 군살 하나 없는 몸매에 주눅이 들었다. 오버 사이즈 운동복 속에 숨겨진 내 뱃살과 허벅지가 비양심적으로 느껴졌다. 나는 할머니가 입은 노란색 레깅스를 힐끔거리며 그 옷을 내가 입는다면 어떨지 상상해 보았다. 아마도 거대한 단무지가 바닥을 구르는 꼴이었을 것이다.

"쇠뿔도 단김에 빼라고, 우리 운동 끝나고 내가 은혜 갚으면 어떨까?"

나는 고개를 끄덕였다. 이럴 때 뭐라도 먹고 가야지, 집에 가서 엄마 몰래 비빔밥을 만들어 먹다가 들키는 꼴은 더는 사양하고 싶다. 김간난 할머니가 유미를 물끄러미 보더니 싱긋 웃었다.

"그날 그 친구가 아니네? 친구도 같이 맛난 거 먹을까?"

배우라서 그런가? 할머니의 친화력은 남달랐다. 얼렁뚱땅 줄넘기를 대충 하고 넘어가려는데, 출입문이 열리더니 안 관장님과 권오늘이 나타났다.

"배우님!"

"오셨습니까, 배우님?"

할머니를 보고 안 관장님과 권오늘이 약속이나 한 듯 배우님이라고 불렀다. 그 모습이 흡족한지 할머니가 손뼉까지 치면서 소리 내어 웃었다. 역시 권오늘이다. 배우님이라는 호칭을 생각하지 못한 내가 미숙한 인간이다.

"안 관장님. 오늘 잔치할 건데 관장님도 참석해. 대신 장소 제공하기, 어떠신가?"

＊　＊　＊

오래된 체육관 건물 꼭대기에 이렇게 근사한 장소가 숨어 있으리라고는 상상도 못 했다. 옥탑방이라 해봤자 뻔할 것이라고 생각했는데, 럭키 체육관의 옥상은 작은 숲이라고 불러도 될 정도로 정성스럽게 조성되어 있었다. 평상에 불판을 놓은 김간난 할머니는 돼지두루치기와 김치부침개, 들깨 미역국을 뚝딱 차리더니, 마지막으로 옥상 텃밭에서 자란 상추로 겉절이까지 버무려 주었다. 하나같이 입에 착착 붙었다.

"배우님, 이제 그만 좀 하세요. 체육관 이름이 뭐가 중요합니까?"

안 관장님이 미역국을 뜨다 말고 김간난 할머니에게 투
덜거렸다.

"안 관장은 우리 학생 회원들한테 체육관의 역사도 안
알려주고 무조건 운동만 시켰다는 거야? 뭐든 내가 속한 곳
에 애정을 가지려면 하나부터 열까지 잘 알아야지."

여러모로 김간난 할머니와의 자리는 유익했다. 이제야
럭키 체육관 이름의 기원을 알아냈으니 말이다.

"저는 관장님 이름이 '안행운'일 거라고는 상상도 못 했
어요."

유미의 말에 김간난 할머니가 눈을 찡긋거렸다. 일반적
인 체육관이라면 흔히 있는 상장이나 상패, 메달, 하다못해
선수 시절 사진 한 장조차 없어서 궁금하던 차였는데, 나
같아도 이름이 안행운이라면 대놓고 진열하기 애매했을 것
이다. 체육관에 등록하고 관장님 이름을 묻는 내게 도석환
이 때가 되면 알게 될 거라 대답한 이유를 드디어 알았다.

아무것도 몰랐던 나는 요즘 세상에 관장님처럼 자기 PR에
관심 없는 사람도 없을 거라며 체육관 운영까지 걱정하는
오지랖을 부렸었다. 럭키 체육관은 신도시와 재개발 지역의
사이에 껴서 신입 회원 유치에 유리한 위치가 아니었다.

"우리 행운 관장이 실력은 엄청난 사람인 건 알지?"

"저는 금시초문인데요?"

나는 들깨 미역국을 한 숟갈 먹었다. 고소한 들깨 향이 입안에 확 퍼졌다.

"그럼 뭣 때문에 체육관에 온 거야, 나겸이는?"

"한번 럭키 체육관에 발을 들여놓으면 체지방은 물론이고 식욕까지 탈탈 털어준다는 소문을 들었거든요."

내 대답에 할머니가 손뼉을 치며 웃었다. 배우라 그런가 리액션이 남달리 흥이 넘쳤다. 할머니와의 첫 만남을 떠올리면 동일한 인물인가 의심스러울 정도였다.

"우리 안 관장, 국대였잖아. 올림픽 라이트미들급 8강에서 아쉽게 탈락했지."

줄넘기하는 발놀림이 민들레 홀씨처럼 나풀거려서 라이트급인 줄 알았는데 뜻밖이었다. 유미는 할머니의 말에 조용히 감탄하듯 고개를 끄덕였다.

"배우님, 다친 곳은 좀 어떠세요?"

권오늘이 젓가락을 내려놓으며 물었다. 할머니는 그런 권오늘을 와락 끌어안았다. 당황했는지 권오늘이 버둥거렸으나 금세 포기했다.

"덕분이야. 우리 젊은 친구들 덕분에 내가 많이 나았어, 몸도 마음도."

누가 먼저라 할 것도 없이 권오늘과 눈이 마주쳤다. 무표정한 권오늘의 눈가에 웃음이 맺혔다. 아주 미세한 변화였지만 나는 알 수 있었다. 할머니는 우리를 어리다고 하지 않고 '젊은 친구'라고 불렀다. 그 말이 전해주는 상냥함이 좋았다.

"그런데 배우님, 어떻게 배우가 되셨어요? 어릴 때부터 꿈을 바로 찾으신 거예요?"

묵묵히 김치부침개를 먹기 좋게 자르고 있던 유미가 가위질을 멈추더니 질문을 했다.

"사기를 당하고 우울증에 누워 있다가 우연히 영화를 보게 됐어. 너희 세상에서 제일 재밌는 영화가 뭔지 아니?"

수수께끼보다 어려운 질문이었다. 대충이라도 짐작해서 대답해야 예의일까 싶을 때, 권오늘이 타이밍을 놓치지 않고 반문했다.

"액션 영화요?"

"맞았어. 액션 영화가 최고지. 그중에서도 남의 돈 떼먹는 놈들 잡아서 족치는 영화가 제일 감동적이야."

'족친다'라는 말에 침 사레가 들렸다. 사기 친 놈들 잡겠다고 사방팔방으로 다녀봤자 작정하고 나쁜 짓 하겠다는 놈을 이길 수 있는 법이 세상에 없는 것 같았다고 할머니는 씁쓸한 표정을 지었다.

"살려고 복싱을 시작했지. 샌드백을 그 사기꾼이라 생각하고 때리기로 결심했어. 그렇게라도 답답함을 풀지 않으면 미칠 것 같았거든. 그러다가 안 관장 친구가 체육관에 놀러 와서는 날 스카우트한 거야."

"스카우트요?"

유미와 내가 동시에 외쳤다. 나이 든 할머니를 어느 분야로 스카우트할 수 있을지 나는 상상하기 어려웠다. 은퇴할 나이에 스카우트 제의를 받을 수도 있구나. 유미는 이제 할머니의 곁에 바싹 다가가 앉았다.

"독립 영화에 출연하게 되었어. 안 관장 친구가 감독이었거든. 엑스트라였지만 신났지. 다 끝났다고 생각했는데 내 손으로, 내 주먹으로 돈을 벌게 된 거야."

영화 같은 이야기였다. 때로는 현실이 더 영화 같다는 말이 사실이었다. 독립 영화는 말 그대로 할머니의 인생을 가족으로부터, 또 사기꾼으로부터 독립하게 만들었다. 남편, 자식밖에 모르던 할머니가 태어나서 처음으로 오롯이 자신만을 위해 살게 된 것이다.

"배우님, 앞으로의 계획은 뭐예요?"

나는 할머니의 내일이 궁금해졌다. 사람 사이의 감정은

시간에 비례하는 것이 아니란 사실을 김간난 할머니를 통해 깨달았다. 두 번째 만남이었지만 나는 할머니의 인생을 향해 있는 힘껏 파이팅을 외치고 싶은 기분이었다.

"관 뚜껑 닫히기 전까지는 세상을 향해 두 주먹을 힘껏 휘둘러야지."

할머니의 목소리는 나직하지만 힘이 실려 있었다. 틀림없이 할머니는 소원을 이룰 수 있을 것이란 확신이 들었다.

"쓰리 걸스 친구들, 내가 왜 이 나이에 죽기 살기로 주먹을 내지르기로 결심했는 줄 아나?"

김간난 할머니는 숭늉을 단숨에 들이켜더니 우리를 보며 말했다.

"이 나이가 되도록 나 자신만을 위해서 살아본 적이 없더라고. 나만을 위해 사는 게 쉬울 줄 알았는데…… 세상에서 가장 힘든 일이더라고. 그래서 아직도 노력 중이고."

이상한 오후였다. 복싱을 배우러 왔는데, 주먹을 쥐는 날보다 손을 활짝 펴서 옆에 있는 사람들의 등을 두드리거나 손뼉을 치는 날이 더 많아지고 있었다. 이 이상한 체육관에만 오면 다이어트에 대한 생각이 하나도 나지 않았다.

* * *

엄마는 요즘 쉽게 달궈졌다가 더 쉽게 가라앉았다. 아빠는 갱년기가 시작되었으니 모두 조심해야 한다고 농담 섞인 경고를 내게 건넸다. 갱년기 탓인지는 잘 모르겠고 엄마는 원래 자신의 감정을 숨기는 법이 없는 편이었다. 다혈질 기질이 다분한 사람이기도 했고 누구보다 정직한 사람이기도 했다.

"운동한다더니 넌 어째 체력이 더 떨어지는 것 같니? 밥 먹고 그렇게 누워만 있으면 어째? 일어나."

엄마의 채근에 반강제로 저녁 산책에 동행했다. 동네 한 바퀴 도는 것으로 운동량이 부족했는지 엄마는 나를 집 근처 공원까지 이끌었다. 야트막한 야산 주위로 둘레길이 잘 조성된 공원이었다. 물론 엄마 표현에 야트막한 산이지 나에게는 급경사에 가까운 산이었다. 줄넘기의 여파로 종아리에 알이 배서 다리를 쩔뚝거렸다.

"살은 빠졌니? 너같이 했다간 평생 체중 감량은 무리야. 지금도 봐. 물 마시라니까 이온 음료 먹잖아."

"땀 흘렸으니까 수분 흡수율 증가를 위해서 마시는 거지. 일반 물보다 흡수율이 27퍼센트나 빠르다고. 그리고 근육 경련도 예방할 수 있고. 엄마는 아무것도 모르면서.”

“네가 근육 경련이 난 적이 있어야 말이지. 물 마셔. 그게 건강에 제일 좋아.”

말대답이라도 하고 싶은데 딱히 틀린 구석이 없어서 더 얄밉고 짜증 났다. 아무래도 엄마는 이 세상에 나를 시험하거나 감시하러 온 존재 같았다. 하지만 불평해 봤자 내 손해다. 이게 엄마 나름의 응원 방식이라는 것을 아니까.

한번은 중간고사를 앞두고 그렇게 공부하다가는 전교 꼴찌도 시간문제라며 잔소리를 쏟아내던 엄마 때문에 폭발한 적이 있었다. 그래놓고 진짜로 시험을 망쳐 울상이 되자, 저녁상에 내가 좋아하는 음식만 잔뜩 올려놓고는 “일단 이거 먹고 다음에도 꼴찌 해”라며 또다시 내 전투력에 불을 지폈다. 이번에도 마찬가지였다. 내가 간식을 먹으려 하면 복싱 백날 다녀봤자 소용없다고 싫은 소리를 했지만, 그러면서도 간식을 제지하는 시간은 오후 7시 이후뿐이었다.

공원의 온갖 운동기구를 섭렵하는 엄마를 앉아서 구경했다. 주위가 어둑해지자 가로등에 불이 들어왔다. 나는 동영상을 틀어 최근에 배운 어퍼컷 동작을 집중적으로 살펴보았다.

‘나 몸치였나?’

화면 속 복서의 어퍼컷 동작은 확실히 팔로만 버둥거리는 내 모습과 달랐다. 골반과 어깨, 허리에 회전을 주면서 마지막에 임팩트를 주고 끊어 쳤다. 머릿속에 영상을 담고서 가로등 불빛이 닿지 않는 후미진 곳으로 가 몰래 어퍼컷 동작을 연습해 봤다.

"내가 목표한 어느 곳에 한 방을 강하게 먹일 것인가 생각하면서 어퍼컷을 날립니다."

안 관장님의 설명이 귓가에 메아리처럼 울렸다. 방금 본 영상과 안 관장님의 설명을 내 몸에 입히려고 애를 썼다.

"손을 위로, 위로…… 하나, 둘! 하나, 둘!"

바닥에 드리운 그림자가 제법 민첩하게 움직이려는 찰나, 또 다른 그림자가 다가왔다.

엄마였다.

"넌 내 딸은 아닌가 보다. 아빠 딸 맞네."

또 시작이다. 무슨 소리냐고 항의하기도 전에 엄마가 갑자기 내 손에서 휴대폰을 빼앗더니 동영상을 보았다.

"너 몸이 너무 굳어 있어. 모든 스포츠는 힘을 빼고 움직여야 해. 리드미컬, 몰라?"

"엄마는 복싱 배우지도 않았으면서."

그래도 나는 샌드백도 쳐본 사람이었다. 엄마를 간단히

무시하고 어퍼컷이 뭔지 다시 제대로 보여주려는데, 갑자기 엄마가 동영상 속 동작을 그대로 재연했다.

"몸은 45도 반대쪽으로 가고, 시선은 정면, 그리고 몸을 회전시키고 손을 이렇게 위로 탕, 탕! 내 다리 선을 타고 손을 그대로 위로 올려서 탕! 어때, 똑같지?"

아니라고 하고 싶었지만 질투 날 정도로 엄마의 어퍼컷은 완벽했다. 동작에 군더더기가 없다는 게 초보인 내 눈에도 또렷이 보였으니까. 그러고 보니 엄마의 움직임은 유미와 비슷했다. 요즘 유미는 마트료시카 인형 같았다. 복싱 동작을 배울수록 내가 알지 못했던 유미를 새롭게 만난다고나 할까?

"엄마, 나는 복싱에는 재능이 없나 봐. 같이 시작했는데 내가 하면 뭔가 엉성하고 그래. 유미는 잘하는데……."

목소리만 듣고도 엄마는 내 기분을 몽땅 읽어냈다. 또 작심삼일이냐고 놀릴 줄 알았는데 엄마가 근처 바위에 엉덩이를 걸치고 앉았다.

"안나겸, 재능이 있네 없네 하는 소리는 네가 상상할 수도 없는 시간 동안 육체와 영혼을 갈아 넣어 연습하고 노력한 후에나 조심스럽게 할 수 있는 말이야. 넌 아직 복싱한다고 말할 수조차 없을 만큼 초짜야. 그러니까 유미랑 너를 비교할 시간에 하나라도 더 배우려고 땀 흘려봐.”

아빠가 틀렸다. 엄마는 갱년기가 아니라 부처나 신이 되려고 하는 것 같았다.

“기왕 시작했으니 이번엔 엄마 좀 깜짝 놀라게 해봐, 딸.”

공원까지 올라올 때는 각자 걸어왔는데 집으로 가는 길에 우리 두 사람은 손을 잡았다. 누가 먼저랄 것도 없이 걷다 보니 엄마와 내 손이 자연스레 스쳤고, 어느 순간 서로를 의지하며 걸었다. 손 하나 잡고 피식 웃음이 나오다니 희한한 일이다.

동네 골목에 들어서려는데 엄마가 잡은 손을 앞으로 내밀었다. 얼결에 내 손이 딸려 갔다.

“오늘이 남자 친구 생겼니?”

권오늘과 도석환이 나란히 걸어가고 있었다. 엄마와 잡은 손을 나도 모르게 스르르 놓았다. 도석환이 권오늘의 남자 친구가 아니란 사실을 뻔히 아는데, 둘이 함께 웃으며 걷고 있는 모습 하나만으로 심장이 빠르게 뛰었다.

＊ ＊ ＊

뒤숭숭한 마음에 체육관 옥상정원을 찾아갔다. 안 관장

님이 상추 화분에 물을 주고 있었다. 물만 주는 것이 아니라 어린 상춧잎을 어루만지기까지 했다. 내가 온 줄도 모르고 물 주는 데에 진심인 듯했다. 인기척을 내야 하나 관장님을 불러야 하나 갈팡질팡하는데, 관장님이 돌아보지도 않고 말했다.

"왜, 안나겸 회원님?"

"저인 줄 어떻게 아셨어요?"

"왜 몰라. 발소리가 곰처럼 둔탁한데."

물어본 내 잘못이 크다. 인격 모독이라고 항의하려다가 포기했다. 오늘 아침에 샤워하고 몸무게를 쟀더니 체육관에 처음 왔던 날보다 1.5킬로그램이나 더 늘어 있었다. 땀도 많이 흘리고 음식도 나름대로 조절했는데 뭐가 문제인지 갈수록 미궁 속으로 빠지는 기분이었다.

사실 꼭 체중계에 올라가지 않더라도 눈으로만 봐도 내 몸의 상태를 알 것 같기도 했다. 나는 근육 돼지가 되어가고 있는 것이 분명했다.

"관장님, 저 이대로 가다간 망하겠어요."

"망하기에 안나겸 회원님, 너무 젊은 거 아냐? 왜 그런 생각을 해?"

뜻밖의 다정한 목소리에 울컥했다. 살이 찌니 호르몬에

도 이상이 생겼는지 눈물샘까지 말썽이었다.

"멧돼지 같았던 안승균도 수능 망하고 복싱하더니 완전히 딴사람으로 변했거든요? 그런데 저는 어떻게 된 건지 시키는 대로 다 하고, 주먹도 더 힘껏 지르고, 뛰어 봐도 힘들기만 하고 매일 피곤해서 미칠 것 같아요."

새로 깻잎 화분에 물을 주던 안 관장님이 하던 일을 멈추고 나를 돌아보았다. 관장님 손에 시든 깻잎 한 장이 들려 있었다. 그게 꼭 나 같아서 또 울컥했다.

"운동은 건강해지려고 하는 건데…… 겉만 멀쩡했지 나겸 회원님은 체력이 바닥이고만. 너무 무리하지 말고 천천히 체력을 길러. 시간이 답이야."

안 관장님이 시든 깻잎을 내 손에 쥐여주더니 평상을 가리켰다.

"기왕 올라온 김에 밥 먹고 갈래? 오겹살 구울 건데, 어때?"

사방팔방에 복병이 있는 셈이다. 그중에 최고봉이 안 관장님이었다. 다이어트 목표로 체육관에 온 줄 뻔히 알면서 매번 밥 먹자는 관장님은 확실히 내게 행운이 아니라 '안행운, 언럭키'가 맞았다.

＊ ＊ ＊

내 팔은 너무 자유로운 게 문제였다. 훅 동작할 때도 몸통에 팔이 붙어 있어야 힘을 받아서 펀치가 더 세지는데 손이 자꾸 뒤로 빠졌다. 옆에서 같은 동작을 연습하는 유미를 보니 자세가 교과서 수준이라던 안 관장님의 칭찬을 납득할 만했다. 어깨, 팔꿈치, 주먹의 높이가 일정한 유미의 동작은 깔끔하고 군더더기가 없었다. 체육관에서 오래 훈련한 남자 회원들도 가끔 연습을 멈추고 유미를 지켜보기까지 했으니까. 욕심이 생겨서 혼자 남아 더 연습한 후유증으로 나는 어깨 통증을 얻었다.

길 건너편에 빵집이 눈에 들어왔다. 그동안 끊었던 땅콩크림빵이랑 소시지빵이 눈앞에 어른거렸다. 아무래도 오늘 체육관은 땡땡이쳐야겠다고 결심했다. 얼마 전 시험도 끝났으니 마침 핑계도 적절했다.

"오늘아, 나 속상해서 빵 샀어."

참았던 내 욕망이 농담으로 흘러나왔다. 앞서가던 권오늘이 걸음을 멈추고는 스캔하듯이 날 쳐다보았다. 그러더니 무미건조한 어투로 물었다.

"빵…… 얼마치 샀어?"

내가 이럴 줄 알았다. 권오늘에게 유미처럼 "괜찮아?"라든지 "다음에 또 속상하면 나랑 같이 가" 하는 다정함은 기대하지 않았다. 하지만 얼마치 샀냐니? 이건 내 예상 범주에도 없는 질문이었다. 절친의 마음도 헤아릴 줄 모르는 것이냐고 서운함을 보여주려는데 권오늘이 나직이 말했다.

"내가 영어 좀 더 보라고 했잖아. 그랬으면 나겸이 너 속상할 일도 없었지."

시험 마지막 날 본 영어 점수를 두고 권오늘이 훈계했다. 역시나 이번 기말고사에서도 권오늘은 전교 1등을 했다. 당연했다. 권오늘은 매번 내일이 오지 않을 것처럼 공부하니까. 모르는 애들은 권오늘의 변하지 않는 석차를 두고 타고난 두뇌를 이길 수 없다느니 천재라느니 떠들어댔지만, 그건 권오늘이 매일매일을 어떻게 사는지 모르고 하는 소리다.

마지막 날 영어 시험을 앞두고 책상에 엎드려 내 눈동자에 특별한 능력이 생겨서 한번 쓱 보기만 해도 영어 단어가 저절로 외워졌으면 좋겠다고 했다가 권오늘한테 한 소리 들었다.

"그렇게 아무것도 하지 않고 거저먹는 건 양아치야."

모르는 사람도 아니고 어떻게 나한테 이렇게 말할 수가

있지라고 서운해하기도 전에 권오늘은 내 등을 토닥였다.

"할 수 있어, 안나겸! 연습장에 백 번씩 써. 그러면 네가 외우기 싫어서 발버둥 쳐도 외워져."

현실적인 조언이었다. 다른 사람의 일에 큰 관심도 없고 제 앞가림하며 살기에도 힘든 세상이라는 말을 입에 달고 사는 권오늘에게 이만한 관심을 받는 것도 나밖에 없을 것이다. 그래서 무미건조한 어투에도 나는 결국엔 웃게 된다.

"같이 가!"

뒤를 돌아보니 도석환이 우리를 향해 달려오고 있었다. 내가 손을 들기도 전에 권오늘이 도석환을 향해 손을 흔들었다. 아는 누군가를 발견해도 고개를 까딱하는 정도의 반가움만 표현하던 권오늘인데, 도석환에게 보인 행동은 새로웠다.

표정을 보아하니 도석환은 시험을 잘 본 모양이다. 권오늘이 다짜고짜 도석환에게 말했다.

"도석환, 안나겸이 오늘 속상해서 빵을 샀대."

도석환이 걸음을 멈추고 내 팔을 붙잡았다. 도석환의 악력이 팔을 타고 어깨까지 전해졌다. 신음 소리를 낼 뻔한 것을 참았다.

"너 무슨 빵 샀어? 얼마치 샀는데?"

“으아! 너희 둘 진짜 싫다.”

머리를 쥐어뜯는 나를 보고 권오늘이 미친 듯이 웃어댔다. 영문을 모르는 도석환이 권오늘과 나를 번갈아 봤다. 누구라도 좋으니 이유를 알려달라는 눈빛이 진지했지만, 모른 척하고 싶은 마음이 굴뚝이었다.

“안나겸 말에 네가 나랑 똑같은 소리를 했거든.”

권오늘의 설명에 도석환의 반응은 시들했다. 별것 아닌데 왜 한 명은 웃고 한 명은 머리를 뜯는지 이해할 수 없다는 듯 한숨까지 쉬었다. 그러더니 나 모르게 권오늘에게 눈을 찡긋거렸다.

“야, 도석화니. 너도 시험 망치고 속상해해 봐. 뭐라도 사면서 점수 따위 잊고 싶지.”

내 말에 권오늘과 도석환이 한편이 돼서 나를 가만히 주시했다. 둘의 대답만 들어도 MBTI가 같을 거라는 짐작이 갔다. 그런데 막상 두 사람 사이에 그런 공통점이 있을 거라 상상하자 괜히 싫었다.

“도석화니, 너 시험 얼마나 잘 봤는데? 몇 등이야?”

초등학교 시절 도석환의 학습 능력이 어땠더라. 내 기억에는 평범했던 것으로…….

“1등.”

예상치 못한 대답이었다. 나도 모르게 도석환의 두 팔을 포박하듯 붙잡고 부르짖었다.

"네가 왜! 왜 1등인 건데?"

내가 말하고도 어처구니없고 정떨어지는 질문이었다. 권오늘이 옆에서 사람은 누구나 노력하면 1등을 할 수 있는 거라고 중얼거렸다. 어림없는 소리였다. 아무리 노력해도 그 '누구나'가 될 수 없는 사람이 세상에는 더 많이 존재한다. 나를 포함해서 말이다.

"나 공부 엄청 열심히 해. 성공해서 우리 할아버지 할머니한테 효도해야 하거든."

도석환이 예전에 말했던, 자신을 키워주신다는 할아버지 할머니 이야기가 떠올랐다.

앞서던 권오늘이 다시 걸음을 멈추고 나를 돌아보더니 무표정한 얼굴로 길 건너를 손으로 가리켰다. 권오늘의 손가락 끝에 빵집이 걸려 있었다. 내 농담이 시작된 럭키 체육관 건물 1층의 빵집이었다.

"야! 나 전혀 안 속상해. 빵 안 샀어! 그냥 MBTI 알아보는 질문이었다고."

"그래? 잘했네. 너 살 빼려면 탄수화물 끊는 게 좋을걸?"

도석환이 내 등을 토닥이며 완전히 나를 애 취급했다.

"복싱 아무리 해도 탄수화물 못 끊으면 그냥 근육 돼지 되는 거 알잖아."

도석환에 이어 권오늘까지 거들면서 장난쳤다. 둘이 하는 이야기를 듣고 있자니 얘네가 남매인가 싶을 정도였다. 둘 다 하나같이 열받게 만드는 멘트만 던지는데 희한하게도 내가 반박할 틈이 없었다.

피자빵 하나씩만 먹자는 도석환의 제안에 권오늘이 좋다고 맞장구를 쳤다. 조금 의아했다. 권오늘은 카스테라를 좋아하는데. 두 사람 손에 끌려 빵집에 갔다. 창가 자리에 앉아서 무심코 팔을 휘둘렀다. 돌릴 때마다 어깨 관절에서 소리가 났다. 통증도 잦아들지 않았다.

"안나겸, 아파?"

도석환이 내 옆에 풀썩 앉았다. 쟁반에 피자빵 두 개와 소시지빵 하나가 놓여 있었다. 도석환은 묵묵히 내 쪽으로 소시지 빵을 밀었다.

"너 소시지빵 좋아하잖아, 맞지?"

초등학교 때부터 한결같은 나의 빵 취향을 도석환이 기억하다니! 괜한 반가움에 아팠던 어깨가 가벼워지는 기분이었다. 하지만 그보다 내 시선을 사로잡는 건 쟁반에 남은 피자빵 두 개였다. 피자빵이 두 개라면 권오늘도 좋아하는 카스테라 대신 도석환과 같은 피자빵을 골랐다는 건데……
그건 무슨 의미일까?

"도석환, 주먹 한두 번만 휘둘러도 난 팔이 떨어질 것같
이 힘들어. 너도 복싱 처음 배울 때 그랬니?"

도석환이 창밖을 뚫어져라 보고 있었다. 밖에 뭐가 있길
래 저렇게 집중해서 보는 거지?

"안나겸. 그거…… 너 체력 없어서 그런 거야. 같이 뛸
래, 나랑?"

유리창에 비친 도석환과 내 모습이 노을에 물들어가고
있었다.

 **안나겸의 물렁살 타파 복싱 도전기 Day 21**

어퍼컷: 가장 가까운 거리에서 상대의 턱을 노리는 기술

세상에 당연한 것은 없다. 그냥 내가 멋대로 당연하다 믿었을 뿐.

도석환과 권오늘 사이에 흐르는 공기가 당연하지 않게 느껴지는 건……

내 착각일까?

더킹

황금
주먹

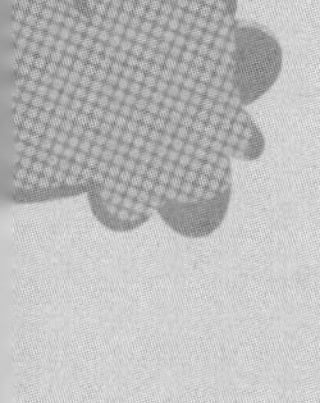

오빠가 또 왔다. 군대를 소풍 삼아 간 사람처럼 툭하면 집에 오던 안승균이 곧 있으면 제대를 한단다. 웃통을 벗고 집 안을 활보하는 안승균을 이제 1년 365일 내내 봐야 한다는 뜻이다. 내 속내를 알았는지 오빠가 예상하지 못한 서프라이즈를 제안했다.

"동생아, 이 오빠가 제대 기념으로 멋진 글러브 사줄까?"

당장 좋다고 했다간 훌륭한 목수는 연장 탓을 하지 않는다 운운하며 비아냥댈 것이 안 봐도 훤했다.

"됐어. 연습용 샀어."

"에이, 그건 연습용이잖아. 뭐든 실전처럼 해야 성과가 나온다."

소파에 시든 시금치처럼 차렷 자세로 누워 있는 내 앞에서 새도복싱 동작을 해대는 오빠가 꼴도 보기 싫다. 발로 엉덩이를 밀어냈는데도 오빠는 끈질기게 온갖 복싱 동작을 해댔다. 정신 사납게 몸을 좌우로 흔들어대는 바람에 내 골도 흔들렸다.

"뭐야?"

"이거 아직 안 배웠어? 위빙. 봐봐. 하체 안 쓰고 상체만 움직이면 꽝이다."

오빠는 하체를 낮추고 허리와 머리를 U자로 그리면서 리듬을 탔다. 그러더니 앞으로 나가는 스텝까지 연결해서 순식간에 내 코앞으로 다가왔다.

"멋진 몸, 건강한 정신, 그리고 여자 친구!"

제대 후 안승균의 최종 목표가 뭔지 알 만했다. 뻗은 주먹 사이로 오빠의 갈비뼈와 복근이 고스란히 드러났다. 오빠는 수많은 스포츠 중에 복싱을 선택한 자신의 결정이 옳았다고 쉴 새 없이 떠들었다.

"안나겸, 잊지 마라. 무조건 끝을 봐. 끝을 봐야 끝나는 거야."

단순하지만 뭔가 심장을 울렁거리게 만드는 말이었다. 그러나 그 감동이 이어지기도 전에 오빠가 내게 헤드록을 걸었다.

"뇨, 뇨라! 오빠, 엄마한테 이른다!"

발버둥을 쳤지만 체급에서 밀리는 싸움이었다. 탭을 치는 대신 나도 내 근성을 보여주기로 다짐했다. 주먹으로 안승균의 왼쪽 옆구리를 한 방 먹였다. 적중이었다.

＊　＊　＊

나는 황금 주먹을 갖게 되었다. 안승균의 꼬임에 넘어갔을 뿐 장비 욕심은 없었다고 스스로 변명했지만, 스포츠용품점에서 황금 글러브를 보는 순간 '내 거다!'라는 느낌을 지울 수 없었다. 지나치게 밝지 않고 묵직한 금빛이라고나 할까?

"야, 뭘 봐? 황금 글러브 처음 봐? 너 사람 그렇게 쳐다보다가 큰일 난다. 너무 나한테 반한 눈빛이야."

내 말에 도석환이 빵 터져버렸다. 대놓고 웃는 모습을 보니 기분이 언짢았다.

"도석화니, 많이 컸다?"

"응, 너 덕분에 많이 컸지?"

'대화의 흐름이 이게 아닌데.'

도석환이 내 주먹을 감쌌다. 훈련하던 회원들이 도석환과 나를 힐끔거렸다. 괜스레 얼굴이 붉어지는 느낌이었다. 손을 빼려는데 도석환이 "어허, 가만히 있어"라며 되레 호통을 쳤다.

"몇 온스야?"

"뭐?"

"사이즈 말이야. 복싱 글러브는 사이즈가 아니라 온스로 선택하니까."

무작정 주먹을 휘두를 생각만 했지 여전히 복싱에 대해 아는 게 전혀 없다는 사실에 부끄러웠다. 나는 도석환에게 손을 내밀었다. 직접 확인하라는 뜻이었다.

"어디 보자. 어? 10온스네? 내가 보기엔 8온스면 충분할 것 같은데……."

10은 뭐고 8은 뭐지? 나는 오빠가 사준 대로 글러브를 받았을 뿐이다. 사이즈에 대해서는 문외한이었으니까 말이다. 차이가 뭐냐고 묻는 내게 도석환이 겸연쩍게 웃었다.

"8온스는 경량급 경기용이나 가벼운 훈련용에 적합하고 10온스는 중상급 경기랑 백 미트용에 적합하지. 그러니까 쉽게 말하자면 8온스는 몸무게 40에서 54킬로그램용, 10온스는……."

도석환이 말을 하다 말고 내 눈치를 봤다. 안 봐도 알겠다. 내 얼굴이 아마 도석환의 빨간 글러브보다 훨씬 더 새빨갛게 변했을 것이다. 나는 계속 말하라며 고갯짓을 했다.

"10온스는 54에서 68킬로그램."

나는 몸을 홱 돌려 샌드백을 향해 돌진했다. 안승균, 죽여버리겠어. 괴성을 지르며 달려드는 대신 체중을 실어 샌드백 정중앙에 묵직한 한 방을 날렸다. 퍽, 제대로 꽂혔다. 몸의 각도도 팔의 높이도 모든 것이 완벽했다. 분노는 묵직할수록 타격에 도움이 되는구나.

고작 한 방 날렸을 뿐인데 숨이 벅찼다. 희한한 스포츠였다. 도석환이 내 곁에 서서 나직이 말했다.

"초딩 때 안나겸이 나타난 줄."

"왜 내 주먹이 유치했어?"

툭툭 샌드백을 가볍게 때렸다. 10온스라더니 가볍게 쳐도 무겁게 꽂히는 기분이다.

"초딩 때 왕따당하는 내 편에 서서 그렇게 달려들었잖아. 정말 고마웠다."

솔직히 그때 나도 겁났다. 도석환과 절친도 아니었고 굳이 내가 나설 필요도 없었으니까. 그럼에도 화가 치밀었다. 사춘기를 관통하는 그 무렵, 나는 화가 많은 아이였다. 세상의 모든 일이 부당하거나 부조리하게 느껴졌다.

"왜 매일 당하기만 하냐고 주먹이라도 휘둘러 보라고 네가 소리 지르는데…… 뿌옇던 눈앞이 갑자기 선명해지더라고."

도석환의 고백에 괜히 땀 닦는 척하며 딴청을 피웠다. 모두가 친해야 할 필요는 없지만 그렇다고 누군가를 지목해 괴롭힐 이유도 세상에는 없었다. 그저 내 눈앞에서 여럿이 한 명을 괴롭히는 게 꼴사나웠을 뿐이었다.

"안나겸은…… 황금 주먹 가질 만해."

나는 칭찬에 약했다. 자리를 피하려고 정수기 쪽으로 가는데 도석환은 일부러 눈치 없이 구는 것인지 내 뒤를 졸졸 따라왔다.

"안나겸, 나 너 덕분에 복싱 시작했어."

도석환의 말을 어떤 의미로 해석해야 하나 고민되었다. 사실 아무 말 대잔치였다고 말하면 나한테 실망하겠지?

'내 덕분이란 말…… 별다른 뜻 아니겠지? 아닐 거야. 아니지!'

하지만 이상하게 가슴이 뛰는 건 막을 방법이 없었다. 오른쪽 글러브를 벗어 냉수 버튼을 눌렀다. 찬물을 벌컥 들이켜고도 모자라 남은 왼쪽 황금 주먹으로 체한 척 괜히 가

승팍을 콩콩 두드렸다. 도석환도 냉수를 마시더니 날 보고 웃었다. 웃는 도석환이 아름다운 줄 처음 깨달았다. 도석환의 웃음이 나를 긴장하게 만든다는 것도 숨을 벅차오르게 한다는 사실도 처음 알았다.

＊ ＊ ＊

복싱을 하면서 나는 유미에 대해 아무것도 몰랐다는 생각이 들었다. 이유미와 권오늘은 닮았다. 묵묵히 제 앞의 일을 게으름 피우지 않고 해낸다는 점이 비슷했다. 같은 날 체육관에 입회원서를 썼는데 유미는 벌써 안 관장님과 본격적으로 스파링을 하기 시작했다. 당연한 결과였다. 매번 하는 줄넘기 기초 훈련도 꾀부리는 법 없었고, 새로운 동작을 익힐 때면 안 관장님이 시범을 보인 움직임이 제 몸에 익숙해질 때까지 남아서 연습을 했다. 모르긴 몰라도 유미라면 집에서도 될 때까지 혼자 연습에 연습을 거듭했을 것이다. 호흡 곤란을 느낄 정도로 땀범벅이 되고 다리가 풀리고 어깨 근육이 뒤틀려도 불평하거나 짜증 내는 법 없이 유미는 하나씩 차근차근 동작을 배우고 익혔다.

죽을 만큼 힘들 때 유미가 하는 행동은 제자리에 가만

히 서서 숨을 고르는 일이 전부였다. 가슴이 들썩일 정도로 가쁘게 숨을 몰아쉬면서도 유미는 단 한 번도 나처럼 "죽을 것 같아"라는 말은 입 밖에 내지 않았다. 노력형 인간의 산 표본이 되기로 작정한 것처럼 유미는 늘 변함없이 차분한 태도로 글러브를 끼고 스텝을 밟았다.

몸을 좌우로 낮게 흔들며 유미가 샌드백을 향해 펀치를 날렸다. 퍽! 유미의 주먹이 제대로 먹혔다. 예상치 못한 크고 견고한 마찰음에 나는 혀를 내둘렀다. 나는 반소매 밖으로 나온 유미의 가는 팔을 유심히 관찰했다. 마냥 가늘기만 한 것이 아니라 잔근육이 드러나는 팔이었다. 잔잔한 물결이 이는 듯한, 아름다운 신체의 한 부분이란 생각이 들었다.

"세상에서 제일 무서운 사람이 여기 있었네. 한결같이 꾸준히 움직이는 사람."

드라마 촬영으로 몇 주 체육관에 모습을 보이지 않던 김간난 할머니가 나타났다.

"배우님!"

유미가 할머니를 향해 고개를 숙여 인사했다. 촬영하러 가면서 할머니가 아이돌 출신 배우 성준의 사인을 받아주기로 약속했다. 나는 히죽거리며 할머니 앞에 손을 내밀었다. 그러나 내 예상과 달리 사인 대신 할머니 뒤에서 불쑥 튀어나온 존재가 내 시선을 사로잡았다.

"안녕하세요, 해야지. 할 수 있지?"

안 관장님이 업었던 해준이였다. 할머니의 말에 해준이가 두 손을 공손히 모으고 배꼽인사를 했다. 그 모습이 진지하고 앙증맞아 절로 얼굴에 미소가 번졌다. 유미는 아이에게 맞절을 했다.

"너 인사 진짜 잘한다."

나는 해준이에게 악수를 청했다. 해준이는 김간난 할머니를 슬쩍 보더니 할머니가 고개를 끄덕이자 작은 단풍잎 같은 손으로 내 손을 꼭 잡았다. 작고 보드라운 손이 유난히 여리게 느껴졌다. 굳은살 하나 박이지 않은 이 손도 언젠가는 우리처럼 단단해지겠지?

"누나들한테 이름도 말해줘야지."

"남, 해, 준!"

알고 보니 해준이는 김간난 할머니의 이웃집에 살고 있었다. 해준이네 엄마가 오늘도 야근이라서 체육관에 데리고 왔단다. 할머니도 마당발 캐릭터였구나. 촬영하느라 힘드셨을 텐데 이웃집 아이까지 돌봐주고 대단한 열정이었다. 엄마가 야근이면 아빠랑 놀지 그랬냐는 내 말에 해준이가 해맑게 대답했다.

“없떠.”

“어?”

나는 당황하고 말았다. 둘러댈 말을 고민했지만 두뇌에 버퍼링이 걸렸는지 허둥대기만 했다. 그사이 해준이는 내 손에서 줄넘기를 뺏더니 나를 올려다보았다.

“이거.”

줄을 꼭 쥐고 해준이가 제자리에서 깡충거렸다. 줄넘기를 같이 하자는 뜻이겠다.

“그러엄! 이 줄넘기 해준이 거야. 선물로 줄게.”

미안한 마음에 해준이에게 줄넘기를 주었다. 그걸로도 모자라 내 목에 걸린 수건까지 아이의 목에 둘러주었다. 예쁘게 리본을 묶어주자 꾸벅 인사하는 해준이를 왠지 모르지만 하마터면 끌어안을 뻔했다.

“나겸이는 아이를 참 좋아하는구나. 난 몰랐네?”

할머니가 내 등을 두드렸다.

“네, 오늘부터 좋아하고 싶어서요.”

나도 내가 아이를 좋아하는지 오늘에야 깨달았다. 해준이에 대한 관심이 제발 어쭙잖은 동정심이 아니길 바랐다.

거울 앞에 서더니 어른들을 따라 줄넘기를 하는 해준이에게서 나는 눈을 떼지 못했다. 줄을 넘다가 넘어지기도 했지만 해준이는 울지 않았다. 포기하지 않고 다시 벌떡 일어나 줄을 넘기고 폴짝 뛰었다. 제 인생 앞에 그 어떤 고비가 찾아와도 잘 뛰어넘을 것 같은 해준이었다.

＊ ＊ ＊

체력을 키우자며 같이 조깅하자던 도석환은 깜깜무소식이었다. 덩달아 권오늘도 오늘 체육관에 나타나지 않았다.

"오늘이 아픈 건 아니겠지?"

내 물음에 스트레칭을 하던 유미가 괜찮을 거라고 날 안심시켰다. 점심에 급식을 두 번이나 먹었다니까 탈이 난 건 아닐 것이다. 사실 말로는 권오늘만 걱정했지만, 도석환까지 끝끝내 체육관에 모습을 보이지 않았다는 것도 마음이 쓰였다. 엄마와 산책하던 날 밤, 골목길을 나란히 걷던 두 사람의 다정한 모습이 자꾸만 오버랩되었다.

체육관 안 와?

권오늘에게 메시지를 보냈다. 응답이 없었다. 도석환에게도 같은 메시지를 보내려다가 헛웃음이 났다. 이건 무슨 감정일까? 둘 다 내 친구인데 말이다.

유미가 어깨 너머로 내 휴대폰을 힐끔거렸다. 나도 모르게 휴대폰을 가슴팍에 당기며 과민 반응을 했다. 유미의 표정이 묘하게 변했다.

"별것 아니야. 근데 너 아까 나한테 할 말 있다는 거는 뭐야?"

유미가 체육관 게시판을 가리켰다. 아마추어부터 프로까지 다양한 대회를 홍보하는 포스터가 가득했다.

"저기……. 나겸아, 같이…… 대회 나가볼래?"

머뭇거리는 것을 보니 고민했던 모양이었다. 나는 손사래를 쳤다.

"놉! 죽어도 그런 데는 안 나가."

"그래도…… 기왕 열심히 하는 거 같이 도전해 보면 좋……."

유미가 말을 다 마치기도 전에 말을 끊었다. 내가 생각하는 척이라도 하면 유미가 괜한 희망을 갖게 될까 봐서였다. 이런 건 확실히 하는 게 좋겠지.

"나가도 얻어맞기만 할 텐데 누구 좋으라고? 난 그냥 체중 감량에만 집중."

평소처럼 웃으면서 알았다고 대답하는 대신 유미는 나

를 빤히 보더니 돌아섰다. 돌아서는 유미에게 왜 그러냐고
물으려는 찰나, 휴대폰이 울렸다.

무슨 일이냐고 답신을 보냈지만 권오늘은 답장하지 않
았다. 이래저래 뭔가 꼬이고 꼬이는 느낌이었다. 정답이 필
요한 날이었다.

* * *

선비 숯불갈비로 향했다. 최근 들어 서빙을 도울 일이
늘었다는 권오늘의 언급을 기억했다.
"안녕하세요, 아저씨."
"어, 나겸이구나. 오늘이 보러 왔어? 주방 뒤쪽에 있다."
주방 뒤쪽은 불판을 닦는 장소였다. 가게가 한창 바쁠
때 아저씨가 서빙 아르바이트를 제안해도 권오늘은 눈 하
나 깜짝하지 않았던 애다. 그 시간에 수학 문제 하나 더 푼
다고 말이다. 그런데 요즘 들어 일손을 돕느라 매일 가게로
나온다는 아저씨 말에 나만 모르는 비밀이 권오늘에게 생

긴 것 같았다.

물소리와 함께 두런두런 말소리가 들려왔다. 그러더니 초여름 밤에 어울리는 웃음소리가 경쾌하게 울렸다. 나는 수돗가에 나란히 드리운 그림자 속으로 걸어 들어가지 못했다.

도석환과 권오늘이 나란히 앉아 불판을 닦고 있었다. 특별할 것 없는 풍경이었는데, 둘 사이에 흐르는 공기에는 내가 감지하고도 남을 특별한 기운이 스며 있었다.

"나겸이한테는 비밀로 하자."

권오늘이 말한 비밀의 실체를 알고 싶지도 않았다. 나에게 알리고 싶지 않은 비밀을 도석환에게는 아무렇지 않게 떠드는 권오늘이 낯설고 미웠다. 심지어 권오늘은 웃고 있었다.

서프라이즈

쌓아 놓은 상자 뒤로 몸을 숨기다가 실수로 권오늘에게 메시지가 보내지며 휴대폰이 울렸다. 진동이 아닌 벨 소리였다. 다정하게 붙어 있던 그림자가 소리를 듣고 나를 향해 돌아섰다. 나는 최대한 아무것도 모르는 척 둘을 향해 웃으

려고 노력했다. 내 의지와 반대인 탓인지 입가 근육에 경련
이 일었다.

＊ ＊ ＊

내 시력은 오른쪽 1.2 왼쪽 1.5다. 바로 눈앞의 사물을
헷갈릴 리가 없다는 뜻이다. 샌드백에 펀치를 날리는 권오
늘과 그 팔 각도를 잡아주는 도석환을 나는 꿰뚫을 기세로
쏘아보았다. 얄궂은 마음이 권오늘에게 날 선 말투로 날아
갔다.

"왜? 체력 키워서 전국 1등 하려고?"

손바닥에 땀이 뱄는지 권오늘이 바지에 손을 문질러 닦
았다.

"가게 일 좀 도우려면 체력이 있어야겠더라고. 책상에
가만히 앉아서 머리 굴리는 거랑은 차원이 달라서 말이야."

권오늘이 던진 뜻밖의 대답에 다리가 풀렸다. 언제부터
가게 일을 그렇게 열심히 도왔다고! 예상치 못한 카운터펀
치를 한 방 먹은 기분이었다. 전과 똑같이 무뚝뚝한 권오늘
의 말투인데 오늘은 그 안에 숨겨진 다정함보다 투박함만
이 느껴졌다. 도석환이 의아한 눈빛을 내게 보냈지만 나는

간단히 무시했다.

방어와 동시에 반격의 기회를 노릴, 전략적인 기술이 나에게 필요했다.

"복싱에서는 정확히 펀치를 날리는 것도 중요하지만 상대의 펀치를 효과적으로 피하는 능력 역시 경기를 좌우하는 핵심입니다."

나는 아무것도 피하고 싶지 않았다. 그저 주먹을 있는 힘껏 내지르고 싶을 뿐.

어제 권오늘과 도석환이 나란히 앉아 불판을 닦는 모습을 보는 순간, 기분이 묘했다. 너희 둘이 무슨 비밀을 공유하는 것이냐고 묻고 싶은데, 목소리가 목구멍 안으로 말려들어갔다. 무표정한 얼굴로 내게 정답만 말해주던 권오늘이 도석환 앞에서는 눈이 부시도록 환하게 웃었다. 농담을 주고받는 두 사람의 모습이 낯설기도 했고, 내가 모르는 권오늘을 도석환이 몰래 찾아낸 것 같아서 괜히 약 오르기도 했고, 나만 외톨이가 된 기분이었다. 도석환이 권오늘네 가게의 일일 알바라고 설명을 들었음에도 섭섭함은 쉽게 사그라지지 않았다.

"그렇게 힘줬다간 다쳐, 안나겸 회원님."

하필이면 내 미트 훈련의 연습 상대는 안 관장님, 권오

늘의 연습 상대는 도석환이었다. 안 관장님이 오늘따라 훈
련에 집중하지 못하는 나에게 쉴 새 없이 경고했다. 안 보
는 척했지만 팔을 뻗으면서 도석환과 권오늘을 자꾸만 흘
끔거리게 되는 나 자신이 구질구질했다. 둘은 파트너가 되
어 더킹 기술을 연습하느라 나 따위는 안중에 없었다. 도석
환이 스트레이트를 뻗으면 권오늘이 몸을 비틀어 피했고,
권오늘이 훅을 날리면 도석환은 무릎을 굽혀 상체를 낮췄
다. 오랜 시간 합을 맞춘 듯이 두 사람의 호흡은 완벽했다.
반대로 안 관장님과 나의 호흡은 어긋나기만 했다.

퍽!

"아얏!"

나의 외마디 비명에 연습하던 사람들이 나를 돌아봤다.
얼굴이 홧홧했다. 도석환과 눈이 마주쳤다.

"안나겸, 괜찮아?"

도석환 얘는 예나 지금이나 나만 보면 괜찮냐고 물었다.
진심이 담기지 않은 습관적인 안부 같은 것이다. 불판 닦는
아르바이트 하느라 물에 불은 제 손이나 괜찮은지 살펴볼
것이지, 저 큰 덩치가 쪼그려 앉아 설거지한다고 무릎 관절
나간 건 아닌지나 살펴볼 것이지, 내가 펀치 한 방에 쓰러
지든 말든 무슨 상관이람?

"신경 끄시지, 도석화니."

연습도 멈추고 나를 돌아본 도석환에게 불퉁하게 굴었다. 아무 말도 하지 않는 권오늘의 눈치가 보였다.

"Hit and not get hit."

권오늘의 입에서 나온 건 때리고 맞지 않아야 한다는 복싱의 기본 원칙이었다. 권오늘은 럭키 체육관에 오기 전에 이미 복싱에 대한 모든 이론을 샅샅이 공부하고 온 모양이었다. 분명 나를 응원하는 말이었는데 굳이 영어로 말하는 권오늘이 얄궂게 보였다.

복싱의 기본 원칙쯤은 나도 알고 있다. 그러나 오늘은 때리는 것도 피하는 것도 어설펐다. 어설픈 마음 때문이었다. 차라리 권오늘에게 왜 도석환한테만 그렇게 웃어줬냐, 둘이 불판 닦고 있다고 왜 나한테는 알리지 않았냐, 나한테 말하지 말자는 비밀이 도대체 뭐냐고 따져 물어봤다면 지금 느끼는 권오늘과 나의 거리감이 줄어들었을지 의문이었다. 벽면의 전신 거울 속에 비친 권오늘과 도석환은 그 어느 때보다 친밀해 보였다. 오가는 주먹 속에서 둘의 얼굴에 미소가 번지기도 했고 스텝을 멈춘 채 뭔가 속삭이기도 했다.

"못 하겠어요. 노력해도 안 되는 것 같아. 복싱…… 너무

늦게 시작했나 봐요."

바닥에 털썩 주저앉은 나를 안 관장님은 가만히 내려보다가 손을 내밀었다. 일어나라는 뜻이었다. 관장님이 검정색 운동복을 입은 저승사자처럼 느껴졌다. 진짜 일어나기 싫은데 강제로 내 팔을 잡아 일으켜 세웠다. 과체중 여고생을 일으키는 것쯤은 관장님한테 아무것도 아닌가 보다.

"안나겸 회원님, 늦은 노력 같은 건 없어. 네가 아직 쏟지 않은 노력만 있을 뿐이야."

평소와 달리 안 관장님의 목소리에서 진심 어린 응원을 읽을 수 있었다. 배려나 다정함과는 거리가 먼 사람이라고 생각했는데, 어쩌면 안 관장님은 내가 예상한 것보다 따뜻한 사람일 수도 있다는 가능성에 심장이 뜨끔해졌다.

"잡생각을 버리고 다시 해봅니다."

주문 같은 말이었다. 그 덕에 글러브를 다시 재정비하는 나를 발견할 수 있었으니까. 그래도 권오늘을 흘끔거리는 것은 멈출 수가 없었다.

전신 거울 속 혼자서만 파트너 없이도 더킹 동작을 쉬지 않고 반복하는 유미의 묵묵한 모습이 내 가슴을 뜨겁게 달구었다. 같은 공간에 있는데도 유미는 체육관에 떠도는 모든 소음을 듣지 못하는 사람처럼 자신과의 싸움에 전력을 다하는 중이었다. 나는 그런 유미가 부러웠다.

* * *

한숨처럼 내뱉은 "저도…… 잘하고 싶어요"란 말 한마디의 파장이 안 관장님과의 새벽 조깅으로 이어질 줄 알았다면 나는 숨을 참았을 것이다. 도석환이랑 약속했던 조깅은 하지도 못했는데 안 관장님과의 추가 훈련이라니. 그동안 다이어트 특훈을 하고 싶다는 내 부탁에도 눈 하나 깜짝하기는커녕 세상에 그딴 특훈은 존재하지 않는다고 단박에 잘라 말했던 사람과 동일한 인물인가 헷갈렸다. 잘하고 싶다는 내 말에 어떤 힘이 있었기에 안 관장님의 마음이 변했는지 의아했다.

탄천으로 이어지는 다리 아래로 어둠과 희미한 햇살이 뒤섞여 스며들고 있었다. 동이 트려나 보다.

"같이 가요!"

오르막과 내리막을 쉬지 않고 달렸다. 속도 조절을 해줄 법도 한데 안 관장님은 인정사정 보지 않고 오히려 오르막에서 더욱 박차를 가했다. 그 바람에 숨이 턱을 치고 올라와서 두뇌까지 정지시키는 느낌이었다. 내 거친 숨소리와 심박수가 비례하는 듯했다. 힘들다는 느낌은 사치고 그냥 심장이 아팠다.

한참을 달렸다. 마라톤 풀코스를 요구했던 것도 아닌데 달리는 길의 끝이 보이지 않았다. 곁에서 뛰는 안 관장님은 한 치의 흐트러짐이 없었다. 숨소리만 살짝 거칠어졌을 뿐이지 달리는 속도와 자세가 출발할 때와 똑같았다. 나만 죽을 지경이었다. 땅바닥에 발바닥이 들러붙는 느낌이었다. 내 다리가 이렇게 무겁고 내 통제를 따르지 않다니! 오기로 이를 악물었더니 벅찬 호흡에 콧바람 소리가 요란하게 새벽 공기를 갈랐다.

이제 한계다. 온몸의 근육이 당장 멈추라고 아우성을 치고 있었다.

"으아, 관장님! 죽을 거 같아요!"

"쉽게 안 죽는다. 생각보다 목숨 질기다."

입안에 침이 말라붙었다. 단내가 나는 숨을 헉헉거리며 관장님의 옷자락을 붙잡았다.

"어허, 바지 벗겨진다! 안나겸, 안 놔? 너 신고한다."

차라리 안 관장님 바지를 벗겨서 신고당하고 경찰차에 실려서라도 이곳을 벗어나고 싶은 마음이 굴뚝같았다. 나는 안 관장님의 협박에도 굴하지 않고 바지 허리춤을 잡고 늘어졌다. 바지춤을 꽉 붙잡은 관장님이 나를 향해 단호한 목소리로 말했다.

"그래. 어떤 일이 있든 이렇게 끈질기게 물고 늘어져. 그러면 해결 못 할 일 없다. 알겠냐?"

손에서 힘이 스르륵 빠졌다. 기다렸다는 듯 나는 안 관장님을 향해 연신 고개를 끄덕였다. 마치 최면에 걸린 사람처럼 말이다. 안 관장님은 복싱의 기술 말고도 타인의 속마음을 엿보는 기술을 따로 연마한 사람 같았다.

 **안나겸의 물렁살 타파 복싱 도전기 Day 35**

더킹: 상대의 주먹을 피하기 위해 몸을 낮추는 방어 기술

몸을 낮춘다는 건 도망치는 게 아니라 다시 튀어 오르기 위한 준비 상태다.

그래, 포기하지 않고 물고 늘어지는 순간…… 내가 킹이다.

페인트
속마음

살은 빠지지 않았다. 땀을 내 평생 이렇게 많이 흘릴 수 있을까 걱정이 될 정도로 쏟아내는데도 몸무게는 요지부동이었다. 아마도 내 마음의 무게가 늘어난 까닭이겠다.

수업을 마치고 집에 가자는 권오늘의 말에 "먼저 가"라고 했다. 왜냐고 물을 줄 알았는데 "그래? 알았어" 하더니 뭐가 그렇게 바쁜지 권오늘은 뒤도 안 돌아보고 갔다. 사실 하나도 변한 건 없었다. 권오늘은 원래 두 번 묻는 애가 아니니까. 그러나 오늘따라 권오늘의 반응에 내가 몰랐던 또 다른 비밀이 감춰진 것 같아서 기분이 언짢았다. 그 바람에 나는 같이 가자고 졸라댄 유미에게 오히려 짜증을 내는 옹졸함까지 보였다.

"나겸아, 뭔지 모르지만 마음 풀어. 나 갈게."

끝까지 나를 다정하게 챙겨주고 가는 유미의 뒷모습을 보는데 심장이 덜컥 내려앉았다. 내 좁은 속이 부끄러워 고개를 들지 못했다.

텅 빈 교실에 남아 창밖을 주시했다. 바람에 날리는 커튼 사이로 운동장이 보였다. 그리고 운동장을 가로질러 교문으로 향하는 권오늘과 이유미의 뒷모습이 눈에 들어왔다. 저 사이에 항상 내가 있었는데 둘만 어깨를 나란히 하고 가는 모습을 보니 낯설었다. 지금이라도 당장 달려 나가 같이 가자고 소리치고 싶은 마음이 굴뚝같았다.

혼자 집으로 돌아오는 길은 지루하고 외로웠다. 날은 덥고 몸은 무거웠다. 발걸음도 자연히 느려졌다. 그때였다.

따릉!

경적 소리에 놀라 휘청거렸다. 자전거 한 대와 부딪혀 사고가 날 뻔했다. 도석환이었다.

"안나겸, 타."

어쩐 일로 전과는 달리 뒷좌석이 준비된 자전거를 타고 온 녀석이었다. 나는 군말하지 않고 도석환의 자전거 뒤에 올라탔다. 도석환은 땀 흘리는 나를 보더니 시원한 것 먹고 가겠느냐고 물었다.

“너 쓰러지기 일보 직전이야.”

“어지간해선 쓰러지기 힘든 몸무게야, 나.”

내 대답에 도석환이 어금니를 꽉 깨물고 웃음을 참는 듯 어깨가 들썩였다.

“쓰러지는 데에 몸무게는 상관없다.”

도석환은 사람의 마음을 말랑하게 만드는 재주가 있었다. 무거울까 봐 몸에 잔뜩 힘을 주고 있었는데 도석환의 말 한마디에 굳었던 어깨가 편안히 늘어졌다. 기초 체력 훈련 때문인가? 나를 뒤에 태우고도 도석환은 자전거 속도를 일정하게 유지하며 달렸다. 습도를 잔뜩 머금은 바람이 우리 사이를 맴돌았다.

“쓰리 걸스 중에 투 걸스는 어디 두고 혼자야?”

방지턱이 나타나는 바람에 도석환의 허리를 얼결에 붙잡았다. 놀라서 얼른 손을 떼려다가 하마터면 자전거에서 떨어질 뻔했다.

“꽉 잡아.”

낮고 단단한 음성에 나도 모르게 도석환 말에 따랐다. 티셔츠 자락이 늘어져도 모른다는 말로 어색함을 떨치려고 했다.

“아, 맞다. 너희 할머니 할아버지 잘 계셔?”

"응. 난 네가 우리 할머니를 '할머니이'라고 부를 때가 좋더라."

좋다는 말은 이상하게 사람을 안심하게 만들었다. 잔뜩 곤두서 있던 신경이 누그러지더니 슬그머니 웃음이 나왔다. 일부러 도석환네 조부모님 얘기를 꺼냈다. 그건 권오늘은 모르는 도석환과 나만의 과거 이야기일 테니까.

도석환은 조부모님과 살았다. 그 가족사 때문에 누군가 도석환에게 엄마 없는 애 운운해서 다툼이 있었다. 늘 조용하게 생활하던 어린 도석환이 무섭게 주먹을 휘두른 날이었다. 도석환에게 엄마는 없었지만 초강력 포스를 가진 할머니가 곁에 있었다. 카리스마가 엄청난 분이었다. 아직도 기억나는 것이 카랑카랑한 도석환 할머니의 목소리였다.

"사람은 누구나 죽는다. 너희 엄마는 영원히 살 것 같으냐?"

지금 들어도 저주나 다름없는 말을 도석환 할머니는 초등학생에게 아무렇지 않게 내뱉었다. 다른 어른들이 항의를 하기도 전에 도석환네 할머니는 말을 이었다.

"우리 석환이는 너희 엄마보다 명이 조금 더 짧은 엄마를 뒀을 뿐이다."

열두 살의 나에게 충격으로 다가온 할머니였다. 이상하

게도 그런 할머니를 둔 도석환이 부럽기도 했고, 왠지 모르게 걱정할 일은 없겠다는 확신도 들었다.

자전거가 뜻밖의 장소에서 멈췄다. 제니 수제비는 권오늘과 내가 자주 함께 오던 우리만의 맛집이었다.

"기운 내려면 뜨끈한 국물만 한 게 없지."

도석환은 애늙은이 같은 소리를 아무렇지 않게 했다. 냉미남 같은 외모로 뜨거운 국물 운운하다니 새롭다고 해야 하나? 자리를 잡고 앉아 수제비를 주문했다. 나는 멸치 육수로 만든 기본 수제비를 골랐고 도석환은 들깨 수제비를 시켰다. 들깨 수제비는 권오늘이 늘 시키는 메뉴였다. 우리는 각기 다른 수제비를 시켜서 반씩 나눠 먹었다.

"너 여기 단골이었어?"

"아니."

"그럼 어떻게 알았어?"

"권오늘."

이럴 줄 알았다. 권오늘은 우리 둘의 공간에 제 맘대로 도석환을 초대했다. 얘가 이제 남자에 미쳐서 나와의 비밀 맛집을 마구 공유해 버리다니! 마침 주문한 수제비가 나왔다. 나는 내 앞에 놓인 앞접시를 멀찍이 밀어버렸다.

"너 들깨 수제비 조금 안 먹을래?"

"됐어. 난 들깨…… 별로야."

내가 심통 부리는 게 뻔히 보였음에도 도석환은 군말 없이 자기 앞접시에 들깨 수제비를 조금 덜어서 내 앞에 밀어 주었다.

"됐다니까!"

앞접시를 손으로 쳐냈다. 요란한 소리를 내며 접시가 바닥에 떨어졌다. 들깨 수제비 국물이 테이블 위는 물론이고 도석환 옷에도 튀었다. 모든 게 엉망이었다. 기어들어 가는 목소리로 간신히 미안하다고 중얼거리는데, 도석환이 허리를 숙여 바닥에 떨어진 접시를 집었다. 그러더니 휴지로 바닥에 흘린 수제비와 국물을 닦았다.

"죄송합니다."

나를 대신해 사장님에게도 사과 인사를 했다. 사장님은 별일 아니라는 듯 맛있게 먹으라며 새로 만든 겉절이를 주었다. 나는 고개를 그릇에 박을 듯 떨어뜨리고 수제비를 먹었다. 고무를 씹는 듯했다.

"야, 안나겸. 너 잘못했으니까 오늘 계산은 내가 한다."

이상한 셈법이었다.

제니 수제비에 오면 늘 떠드느라 먹는 속도가 느렸다. 이곳에 올 땐 항상 권오늘과 함께였으니까. 기말고사를 망치고 눈물을 짜는 나를 위로하겠다며 같이 온 동네를 배회한 권오늘. 심지어 권오늘은 그때도 전교 1등이었다. 시험 망치면 용돈 끝이라는 엄마의 엄포에 좌절했던 중2 시절, 내 손을 잡고 말없이 함께 걸어준 사람이 권오늘이었다. 답안지를 밀려 썼다는 변명에 평소처럼 정신 똑바로 차리고 검토도 안 했냐는 뼈 때리는 말 대신 갑자기 내린 비를 피하자며 내 손을 잡고 뛰어준 친구였다. 그리고 그날 우리가 찾은 맛집이 제니 수제비였다.

"권오늘하고 여기서 수제비 먹는데 갠 내내 안나겸 네 얘기만 하더라."

"으응? 왜?"

"나도 모르지. 그냥 권오늘 걔한테는 세상에 안나겸뿐인 것 같았어. 수제비 맛을 알게 된 것도 너 때문이고 학교 다니는 게 공부 때문이 아니라 사람 때문이라는 것도 너 때문에 알았다고 하고."

"진……짜?"

도석환이 국물을 떠먹었다. 입가에 진득한 들깨 국물 자국이 묻어났다. 매사 치밀한 권오늘이 허점을 보이는 순간도 들깨 국물을 입에 묻힐 때뿐이었다.

"안나겸 옆에 있으면 사는 게 재밌다더라. 그래서 힘들거나 괴로운 일은 안나겸이 모르고 지나갔으면 좋겠다고.”

나는 권오늘에게 물어야 했다. 왜 힘들거나 괴로운 일은 내가 몰라야만 하는 것이냐고. 인생은 단맛만 있는 게 아니다. 달고 시고 맵고 짜고 쓴 모든 맛을 봐야 어른이 되는 것이 아니냐고 되묻고 싶었다. 그걸 함께 나눠야 힘든 세상도 조금은 덜 힘겹게 같이 갈 수 있지 않겠느냐고 말이다.

“여기 오면 기본이랑 들깨 반씩 나눠 먹어야 하는 것도 안나겸 방식이라고 알려줬어. 너 덕분에 나눠 먹는 게 좋아졌다고 하더라. 그러면서 나랑 왔을 때는 반반 안 나눠 먹더라. 반반은 안나겸 한정이래.”

마음이 습해졌다. 눅눅하게 젖어들었다. 나는 도석환에게 말했다, 권오늘이 앞에 앉아 있는 것처럼.

“권오늘이…… 너처럼 들깨 수제비 좋아해.”

도석환이 숟가락질을 멈추더니 물끄러미 나를 바라보았다. 의구심이 가득한 눈빛이었다.

“아닐걸? 나랑 왔을 때 너처럼 기본 수제비 시키던데? 멸치 육수가 최애라고.”

권오늘은 늘 나에게 양보를 했던 거다. 나는 그걸 몰랐던 것이고. 내가 어떤 질문을 해도 머뭇거리거나 고민하는 법이 없는 권오늘이었다. 수제비만 해도 그랬다. 나눠서 먹

으면 좋겠다는 말끝에 내가 멸치 육수를 골랐고 "너는?"이
라고 묻자 들깨라고 대답했다. 그래서 권오늘의 최애는 들
깨 수제비라고 확신했던 것이다.

순간 머릿속에 권오늘이 고른 피자빵이 떠올랐다.

"권오늘이…… 여기서 너한테 고백했어?"

나는 내 앞에 놓인 멸치 육수 수제비를 두고도 먹지 못
했다.

＊ ＊ ＊

모의고사를 앞두고도 권오늘은 평온해 보였다. 하지만
나는 권오늘을 누구보다 잘 알았다. 우아한 백조처럼 수면
아래로 발을 분주하게 움직이고 있을 게 틀림없었다. 별다
른 불협화음 없이 아무 일 없는 것처럼 우리 쓰리 걸스는
학교생활을 했지만, 유미는 권오늘과 나 사이에서 조용히
눈치를 살피고 있을 것이고 그런 유미를 모른 척하는 내 마
음은 불편했다.

무슨 일이든 피하지 말고 끈질기게 물고 늘어지라던 안
관장님의 말이 머릿속을 맴돌았다. 도석환과 수제비를 먹
지 않았더라면 영원히 몰랐을 권오늘의 마음을 엿보고 말

았으니, 이번에는 내 차례였다.

선비 숯불갈비의 주말은 늘 사람들로 붐볐다. 그러나 오늘은 웬일인지 예전 같지 않다는 게 확연히 보였다. 주말인데도 빈 테이블이 많았다. 음식 맛이 달라지지 않았는데 불경기라는 말을 이렇게 체감하다니!

"안녕하세요? 오늘이 나왔지요?"

"그래. 나겸이 밥 먹었니? 안 먹었으면 밥 먹어라."

아저씨는 항상 나만 보면 밥 먹었냐고 물었다. 밥 먹는 시간도 아깝다고 삼각김밥으로 대강 식사를 때우면서 공부하는 권오늘이 아저씨 딸이 맞나 싶을 정도로 두 사람은 밥을 대하는 자세가 정반대였다.

"도석환 대신 제가 왔어요. 오늘 알바 제가 대타예요."

멋대로 대타였다. 럭키 체육관 앞에서 만난 도석환에게 아르바이트를 대신 하겠다고 우긴 건 나였다. 도석환이 나를 보고 피식거렸다. 얘는 세월이 지났어도 내가 왜 이러는지 다 안다는 얼굴을 해서 내 속을 뒤집어 놓았다.

주방 뒤편으로 가자 권오늘이 고무장갑을 끼고 수돗가 앞에 쪼그려 앉아 불판을 닦고 있었다.

"늦었네, 오늘."

"응. 꿈지럭거렸거든."

내 목소리에 놀라 권오늘이 홱 돌아봤다. 나는 권오늘 옆에 똑같이 쪼그려 앉았다.

"여기 이것만 닦으면 되는 거야? 뭐가 이렇게 많니?"

"너 뭔데?"

"나 도석화니 대신 일일 알바 하려고, 오늘."

권오늘이 한숨을 쉬었다. 한숨 쉬는 권오늘은 처음 본다. 낯설어서 가슴이 철렁 내려앉았다. 불쑥 찾아온 나에게 정떨어진 걸까?

"너 내가 와서 실망이야? 웬 한숨?"

"알바비 쥐꼬리야. 실망하면 안 돼."

현실적인 권오늘의 조언에 고개를 끄덕였다. 돈을 벌자고 온 자리도 아닌데 실망하고 말고가 어딨다고. 권오늘이 거품으로 그릇을 닦고 나는 헹구었다. 약속이라도 한 듯 손발이 척척 맞았다.

"넌 알바비 많이 받아?"

"나 알바비 빵 원이야. 왜냐고 묻고 싶어 죽겠지?"

하마터면 '응' 하고 대답할 뻔했다. 타이밍 절묘하게 침 사레가 들려 헛기침을 했다. 그 소리를 알고 싶다는 신호로 해석했는지 권오늘이 끝내 제 이야기를 꺼냈다.

"봐서 알겠지만…… 우리 집 사정이 좀 그래. 곧 문 닫을

지도 몰라.”

주말 평일 할 것 없이 앉을 자리가 없었던 전과 달리 최근에는 홀을 다 채우기도 어렵다던 권오늘의 푸념이 떠올랐다. 그 말대로 요즘 선비 숯불갈비는 오가다 봐도 홀이 텅 비어 있기가 부지기수였다.

“미안해, 오늘아. 난 그것도 모르고 왜 우리랑 같이 복싱 안 해주냐고 투정이나 부렸는데…….”

늘 침착한 권오늘이 내 말에 허둥댔다. 다 알고 온 줄 알았는데 아무것도 모르는 내가 당혹스러운 모양이었다.

“도석환이 일일 알바 하게 된 거…… 체육관에서 집으로 돌아오는 길에 개가…… 나 우는 걸 봤어. 들킨 거지. 끈질기더라. 그래서 사정 말해줬지. 그랬더니 무보수로 도와준다고…… 됐다고 하는데도 안 듣길래 대신 너한테는 비밀로 해달라고 부탁했어. 너 알면…… 내 걱정할 거 아니야, 필요 이상으로. 골치 아픈 건 나 혼자 고민하고 정답 찾으면 돼. 그래서 너한테 비밀로 하고 싶었어.”

권오늘은 왜 모를까? 골치 아플 땐 정답을 찾을 게 아니라 함께 의지하고 고민을 나눠야 한다는 사실을 말이다. 그리고 절친이라면 도석환이 아니라 내 앞에서 울었어야지.

“그런데 안나겸, 너 차였어? 아이씨! 내가 도석환한테 그렇게 알아듣게 설명했는데. 안나겸 너를 차?”

들깨 수제비를 먹으며 도석환은 나에게 딱 한 가지만 알려줬다. 권오늘 같은 친구를 둬서 평생 든든하겠다고.

도석환은 나와 권오늘, 둘 다 찼다. 하지만 둘 다 차지 않은 것이기도 했다. 권오늘도 나도 정식으로 도석환에게 고백하지 않았으니까. 도석환은 짝사랑하는 상대가 있다는 것을 아르바이트를 함께하며 권오늘에게 털어놓았다. 권오늘은 혹시나 내가 아무것도 모른 채 도석환에게 고백을 할까 혼자서 전전긍긍했던 셈이었다. 도석환에게 건네는 내 말투, 눈빛, 행동을 권오늘은 세심히 다 살피고 있었다. 왜 사실대로 말하지 않고 속앓이를 했냐는 내 말에 권오늘이 내 얼굴도 보지 않은 채 애꿎은 불판만 수세미로 박박 문질렀다.

“오늘아, 근데 넌 도석화니한테 고백했어?”

권오늘이 그랬듯 나도 알고 있었다. 체육관 거울 속 한편에서 도석환에게 향하는 시선 하나를. 무엇보다 도석환과 함께 불판을 닦던 권오늘의 표정이 모든 것을 나에게 알려주었다.

“권오늘, 너 도석환 좋아한 거 아니야?”

“나한텐 선이라는 게 있어, 모든 관계에. 사랑 때문에 절친의 마음을 저버리는 일…… 내 인생에는 없을 거야.”

나는 두 사람 사이에 질투와 섭섭함을 느끼고 혼자 난리였는데, 권오늘은 늘 한결같이 나를 먼저 생각했다. 권오늘의 말을 듣고 있자니 심장에 원인 모를 진동이 느껴지더니 울컥했다.

“안나겸, 이상형은 변하기 마련이다. 사랑이 영원할 줄 아니? 난 절대 아니라고 본다. 그래서 너를 선택한 거야, 나는.”

늘 이치를 따지고 인과관계를 살피는 권오늘이 오늘은 인간적으로 다가왔다. 그래서 오늘따라 더욱 권오늘을 안아주고 싶은 마음이 부풀었다. 이 마음 속에 숨어 있는 건 이기심일까? 권오늘이 도석환을 포기해서 다행이라는, 도석환이 권오늘을 선택하지 않아서 다행이라는 안도……. 모든 것이 내 이기심일까 봐 미안했다.

“오늘아, 미안. 나는 네가 도석환하고 나란히 앉아서 웃는 것도 보기 싫었고, 너랑 도석환이 나 빼고 비밀 얘기한다고 혼자 서운해하기도 했어…….”

권오늘이 날 물끄러미 보더니 갑자기 내 이마에 제 이마를 들이박았다. 살살이 아니라 제대로 박았다, 골이 흔들릴 만큼. 그러고는 내 흐트러진 앞머리를 정성스레 다듬어줬다. 자긴 괜찮으니 신경 쓰지 말라는 뜻이겠지.

"내가…… 그럼 내가 도석환을 이긴 거야? 사랑보다 우정이니까, 너한테."

내 말에 권오늘이 무표정한 얼굴로 턱을 긁었다.

"나는 도석환보다 안나겸을 더 오래 봤으니까. 인간적으로…… 안나겸을 이길 자는 없지."

"내가 그렇게나 좋은 거야?"

뻔뻔한 질문이었다. 권오늘에게 품었던 섭섭함, 의심, 미움을 휘휘 저어 날려버리고 싶을 뿐이었다.

"너는 사람들한테 스스럼없이 다가가. 애들도 네가 무슨 말을 해도 웃고, 너랑은 쉽게 가까워지잖아. 나는 그게 참 부러워."

천하의 권오늘이 내가 부럽단다. 애들도 권오늘과 이야기를 잘만 나누는데 웬 뜬금없는 소리인가 싶었다. 권오늘은 내 속내를 고스란히 느끼는 오감을 가졌나 보다.

"안나겸, 애들이 나한테 다가오는 때가 언제인 줄 알아? 시험 기간에 내가 뭘 공부하나 궁금할 때뿐이야."

권오늘이 그렇게 생각하고 있을 줄은 미처 몰랐다. 사람들이 자신에게 다가오기를 어려워한다고 느낄 줄은. 돌이켜 보면 몇몇 아이들이 권오늘을 보고 차갑다고 말한 적이

더러 있긴 했다. 아닌데. 권오늘에게는 권오늘만의 마음을 주고받는 방식이 있는 건데, 그걸 몰라주는 아이들에게 내가 되레 더 서운했다. 괜히 인상을 찌푸리자 권오늘이 나에게 물을 뿌렸다.

"앗, 차가워! 야!"

고개를 돌리니 권오늘이 웃고 있었다, 도석환과 불판을 닦던 그날처럼 환하게. 권오늘의 웃는 얼굴을 봤으니 됐다.

＊ ＊ ＊

우리 중에 나비처럼 가벼운 발놀림을 가진 사람은 유미였다. 유미의 발차기를 보고 있자면 '나비처럼 날아서 벌처럼 쏜다'라는 무하마드 알리의 명언이 떠올랐다.

신이 나에게 줄지 않는 기적의 몸무게를 줬다면 유미에게는 무섭게 늘어가는 복싱 실력을 주었다. 유미의 복싱 습득력은 나날이 일취월장했다. 스텝은 빠르고 가벼웠으며 몸놀림은 간결했고 펀치는 정확했다. 복싱을 하기 전까지는 일취월장이란 단어를 유미를 보고 쓸 줄은 꿈에도 몰랐는데 말이다.

빨간 입술이 하얗게 질릴 정도로 내뻗는 주먹에 혼신을

쏟는 유미가 낯설게 느껴졌다. 보이지 않는 적이라도 있는 것인지 유미가 휘두르는 주먹은 견고하고 굳셌다. 열기로 달아오른 체육관 공기를 가르고 일직선으로 뻗어나가는 굳은 주먹이 야무졌다. 어쩌면 유미는 별이 될 수도 있겠다.

"자, 무엇이든 경험해 봐야 자신의 실력을 알 수 있는 겁니다."

안 관장님이 회원들에게 한 가지 공지 사항을 알렸다. 문화체육관광부 장관배 아마추어 복싱대회였다.

꿈은 어느 날 갑자기 돌풍처럼 날아들 수도 있다. 유미를 보니 알겠다.

"관장님, 제가…… 한번 도전해 봐도 될까요?"

거수를 한 채 조심스럽게 묻는 유미의 표정은 빛나고 있었다. 땀 때문에 번들거리는 게 아니다. 새로운 목표 앞에 선 기대감과 긴장으로 유미는 여느 때보다 반짝였다.

"좋습니다."

유미는 언제부터 이렇게 복싱에 진심이 되었던 걸까? 복싱대회에 출전하겠다고 손 든 유미를 보며 사실 속으로 기절할 만큼 놀랐다. 실력을 의심해서가 아니다. 럭키 체육관에 처음 발을 들여놓을 때만 해도 복싱에 별다른 관심이 없던 유미였다. 복싱으로 살을 획기적으로 빼겠다는 내 말에 유미가 내게 건넨 말은 "같이 가줄게"가 전부였다. 유미는 늘 그랬다. 제 주장을 하기보다 내 이야기를 들어주고 같이 해주겠다는 말을 다정하게 건네는 친구였다.

"아…… 그때!"

내가 어리석었다. 눈치가 꽝이었다.

'2020 도쿄올림픽 금메달리스트 이리에 세나를 존경합니다.'

입회원서에 적은 유미의 글이 머릿속에 떠올랐다. 안 관장님은 대회에 출전할 선수들에게 훈련 계획을 설명했다. 나는 구석에서 유미를 흘끔거렸다. 낯설었다. 내가 알던 유미가 어디론가 멀리 날아가 버릴 것 같은 예감이 들었다. 도석환까지 대회에 출전한다는 사실에 나만 체육관 공기 속에 떠다니는 부유물이 된 느낌이었다.

"힐끔거리는 거 티 엄청 나. 그냥 옆에 가서 들어."

잽과 스트레이트를 한자리에 서서 쉬지 않고 연습하던 권오늘이 나에게 대놓고 말했다. 남들이야 대회에 출전하든 말든 내신과 모의고사 준비만으로 바쁘다는 권오늘의 태도에 나도 모르게 위축되었다.

물 마시러 가는 척 자연스럽게 관장님 쪽으로 움직였다. 정수기와 혼연일체가 되어 물을 아주 천천히 마셨다. 관장님이 선수들의 체급을 확인하고 있었다. 유미 차례가 되었다. 기존 선수 출신들 사이에 있는 유미는 유난히 마르고 작아 보였다.

"이유미…… 플라이급이면 되겠네."

"프, 플라이요?"

무리의 시선이 일제히 정수기 옆에 붙어 서 있는 내게로 쏟아졌다. 덩달아 나는 물도 쏟았다. 입과 턱은 물론이고 가슴팍, 바닥에까지 물을 흘렸다. 정작 플라이급인 유미는 고요했다.

내가 바라는 꿈의 몸무게를 유미는 아무렇지 않게 찍었다. 52킬로그램 이하만이 도전할 수 있는 체급, 플라이급! 나비처럼 날아서 벌처럼 쏘는 주인공 역할은 역시 유미였던 것이다. 나는 언제쯤 나비처럼 우아하게 주먹을 휘두르려나. 부러움과 걱정이라는 어울릴 수 없는 복잡미묘한 감정이 내 머릿속에서 혼돈의 소용돌이를 일으켰다.

"안나겸 회원님도 도전할 의향이 있나?"

"절대요. 안 합니다."

도전이라는 말이 이토록 무섭게 들리기는 난생처음이다. 고개를 숙여 내 주먹을 바라보았다. 힘없이 축 늘어진 팔은 도전과 거리가 멀었다. '살아 숨 쉬는 누군가의 복부에, 명치에, 얼굴에 주먹을 들이밀 각오가 되어 있는가?'라는 물음 앞에 나의 대답은 'NO'였다. 나는 그저 내 팔뚝에 매달린 여분의 살을 떨쳐내는 데에 만족했다. 나비 같고 벌 같은 주인공은 이 체육관에서 이유미 하나면 충분했다.

운동을 마치고 건물 계단을 내려가는데 다리가 후들거려서 혼났다. 유미는 차분히 계단을 내려갔다.

"너 진짜 대회 준비할 거야? 지금보다 몇 배는 힘들 건데. 지금도 봐. 난 온몸이 두들겨 맞은 거 같은데."

"나도 당연히 힘들지. 그냥 참는 거야."

힘들다면서 내색도 안 하고 묵묵히 참아내는 유미가 답답하게 느껴졌다. 그런 유미 옆에 있으면 난 늘 호들갑 떠는 애로 보이는 게 당연했다.

"에이, 참지 말고 너도 하지 마. 다쳐. 복싱에 관심도 없었잖아. 나 때문에 따라온 거면서……."

앞서 계단을 내려가던 유미가 걸음을 멈추더니 나를 돌아봤다.

"안나겸, 너는 날 너만 따라다니는 애로 보는 거야? 나 복싱 좋아해. 좋아하게 됐어. 난생처음 내 손으로 뭔가 이뤄 보고 싶고. 네 맘대로 날 다 안다고 생각하지 마."

정색하는 유미의 모습에 당황하고 말았다. 유미에게서

찬바람이 쌩하니 불었다.

"야, 뭐 그런 일로 성질내냐? 봐, 힘드니까 짜증 나지?"

나름 유미를 달래려고 한 말이 오히려 유미를 더 열받게 만든 것 같았다. 유미는 뒤도 돌아보지 않고 계단을 뛰어 내려가 버렸다. 나는 계단에 털썩 주저앉았다.

 **안나겸의 물렁살 타파 복싱 도전기 Day 47**

페인트: 주먹을 끝까지 뻗지 않거나 시선을 피해서

상대를 속여 공격 기회를 엿보는 기술

뜨끔했다. 나도 권오늘과 유미에게 페인트를 걸었던 걸까?

진심을 보여주기가 부끄러워서 친구들을 속였던 건 아닐까?

뜻밖의 재능

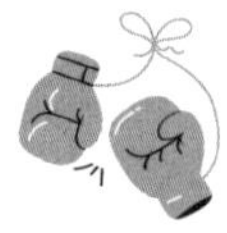

이유미랑 대화하지 않은 지 일주일째다. 같은 체육관에서 운동도 하고 급식실에서 같이 밥도 먹지만, 유미는 절대 나에게 말을 걸지 않았다. 단단히 삐친 게 틀림없다. 다툰 뒤로 이틀 정도는 아무렇지 않게 말을 걸려고 시도해 봤고 메시지도 보냈지만, 유미는 '읽씹'했다. 유미가 내 메시지를 무시했다는 충격에 나도 자존심 상해서 대화 시도를 단념했다. 괜히 억울했다.

"싸웠다며?"

"응."

당이 당겼는지 권오늘이 숨도 쉬지 않고 바나나우유 한 통을 싹 비웠다. 도석환이 일렀냐는 내 물음에 권오늘은 자기가 캐물었다고 설명했다. 아무것도 못 들은 척했지만 도석환이 계단에서 유미와 날 지켜본 게 뻔했다.

"왜 싸웠냐고 안 물어?"

솔직히 권오늘이 정답을 나에게 제시해 주길 바랐다. 그러나 권오늘은 권오늘이었다. 유미와 내가 싸우거나 말거나 고개를 뒤로 젖혀가며 다 비운 바나나우유 통을 입에 대고 탈탈 털었다. 지금 이 순간 나는 권오늘에게 바나나우유보다 못한 애가 되어버렸다.

"둘이 알아서 해. 두 사람의 문제야. 난 누구 편도 안 든다. 그게 공정하지."

처음으로 그 공정이란 것을 저주했다. 자리를 털고 일어나더니 권오늘이 운동복 바지 주머니에서 뭔가를 꺼냈다.

"할 수 있다, 안나겸."

권오늘이 내 앞에 천하장사 소시지를 내밀었다. 하필이면 이유미가 제일 좋아하는 군것질거리였다. 이래저래 원투펀치를 먹은 꼴이었다.

* * *

주말 내내 침대와 한 몸이 된 나를 지켜보던 엄마가 폭발했다. 이불을 확 들치더니 엉덩이를 철썩 소리가 나도록 때렸다.

"안나겸! 내 집에선 게으름 금지야. 얼른 일어나."

"하, 엄마…… 나 진짜 작심삼일 맞나 봐."

나는 나의 의지박약한 성격에 실망했다.

"몰랐어? 난 너 응애 하고 태어나는 순간부터 알았는데, 흐흥."

평소라면 엄마의 놀림에 발끈했겠지만 지금은 그럴 기분이 아니었다.

나의 시작은 늘 창대했으나 끝이 미약하기 짝이 없었다. 복싱을 시작하며 품었던 원대한 목표는 어느새 희미해지고, 이젠 체력적 부담감 때문에 하루하루를 간신히 버티는 정도였다. 그와 달리 나의 생떼에 체육관에 발을 들인 권오늘은 제 몫의 운동을 불평 하나 없이 칼같이 해내면서 집안일까지 돕고 있었다. 그리고 "같이 가줄게"라던 이유미는 자신의 재능을 발견하는 것에 그치지 않고 새로운 목표를 설계하기에 이르렀다.

심지어 유미는 동체 시력까지 어마무시했다. 나는 박지성 선수에게 두 개의 심장이 있다면 유미에게는 네 개의 동공이 있는 것 같다고 엄마에게 하소연했다. 공격을 피하고 방어로 전환하는 유미의 자세는 초급자의 실력이라고 보기 어려웠다. 뒤이어 유미와의 일도 털어놓았다. 나의 푸념에 엄마가 거품 범벅인 손으로 내 등을 두드려주었다.

"딸, 다른 건 몰라도 네 그 적극성 때문에 친구들이 건강해지고 있잖아, 몸도 마음도. 안 그래?"

정말일까? 솔직히 잘 모르겠다. 권오늘과 유미에게 물어보지 않았으니까.

"사람은 살면서 수많은 실수와 잘못을 저지르기 마련이야. 그때마다 자학하고 끙끙댈 거야? 네 방식대로 사과해. 그게 진심 어린 말이든 행동이든. 대신 절대 피하지 마. 내 딸은 그런 애 아니다."

엄마는 나에게 불편한 마음을 오래 간직하지 못하는 재능과 진심을 보여주는 능력을 가진 애라고 했다. 속내를 잘 숨기지 못하는 게 유일한 장점이라고 말이다. 나는 좋고 싫음이 얼굴에 고스란히 드러나는 편이고, 끙끙이를 마음 한 구석에 비밀스럽게 숨겨두지 못하는 성미를 지녔다. 생각해 보니 안승균도 이런 나를 두고 정직이라는 뜻밖의 재능을 가졌다고 비아냥거리곤 했다.

이런 성격의 어느 구석이 재능이라는 건지 찜찜했지만, 이상하게 엄마의 말은 어쩌면이란 가능성을 기대하게 했다. 어쩌면 나도 잘하는 것을 곧 발견할 수 있지 않을까?

＊ ＊ ＊

어떤 방식으로 유미에게 다가가야 할지 뾰족한 수가 떠오르지 않았다. 엄마가 나에게서 발견했다는 그 재능은 어디로 증발했단 말인가? 도석환마저 유미와 나 사이에 흐르는 냉기를 감지했다. 아직도 안 풀었냐는 도석환의 물음에 권오늘이 신경 끄라며 도석환에게 훅을 날렸다.

본격적인 대회 준비가 시작되었다. 체육관 공기가 바뀐 것이 피부로 느껴질 정도였다. 늘 싱글대며 운동하는 도석환마저도 웃음기 싹 빼고 체중 조절에 들어갔다. 도석환이 관장님과 스파링을 뛸 때면 링 위에서 불꽃이 튀는 것이 눈에 보이는 듯했다.

"누가 이유미 회원님하고 스파링 좀 했으면 좋겠는데……. 어디 보자."

안 관장님이 체육관에서 운동하는 사람들을 쓱 훑어보더니 나에게서 시선을 멈췄다. 무슨 의도인지 잘 알겠다. 분명 유미랑 내 사이가 예전 같지 않다는 것을 관장님은 알고 있을 테다.

"제가 유미랑 스파링할게요."

도석환이 놀란 눈으로 나를 보았다. 나는 애써 그 시선을 무시했다. 나도 안다. 내가 유미와 맞붙을 수 없는 실력이란 사실을. 그러나 언제까지 불편한 감정을 갖고 유미를 피할 수만은 없는 노릇이었다. 주위를 맴돌며 눈치만 보는 탐색전은 이제 끝을 낼 때가 됐다. 안 관장님이 멍석을 깔아줬으니 나는 거절하지 않고 기꺼이 그 멍석을 밟아야지. 나는 내가 가진 뜻밖의 재능을 제대로 써먹기로 결정했다.

링 위로 올라가기 전, 긴장한 티를 내지 않으려고 괜히 애꿎은 헤드기어를 만져댔다.

"겁먹었냐? 겁나면 지금이라도 그만두고."

도석환이 턱끝으로 헤드기어를 가리켰다. 나는 콧방귀를 뀌며 두 손으로 헤드기어를 소리 나게 두드렸다. 탕, 탕! 주먹이 무기가 되는 찰나였다.

스파링은 단순한 체력 훈련이 아니다. 상대방의 움직임을 읽고 나만의 리듬을 찾아갈 방법을 배울 수 있는 기회였다. 나는 링 위에서 유미를 꿰뚫어 보고 나의 해답을 찾아야만 한다. 예상치 못한 펀치를 맞거나 경기가 내 뜻대로 풀리지 않더라도 절대 허둥대지 말자고 다짐했다.

실전과 동일한 스파링이 시작되었다. 안 관장님의 신호

와 함께 링 위의 공기 흐름이 무섭게 변했다. 빠른 풋워크, 전략 싸움, 그리고 정확한 펀치 타이밍을 머릿속으로 끊임 없이 되새겼다. 그런데 문제가 생겼다. 유미의 눈을 자꾸만 피하는 나 자신이다. 유미의 눈동자에 온전히 내가 들어 있 을까 하는 두려움이 내 시선을 유미의 눈 아래에 붙잡아 두 었다. 그 마음을 숨기려다가 성급하게 움직였다. 스텝과 몸 놀림이 따로 논다는 느낌이 온몸을 휘감았다. 보다 못한 안 관장님이 나에게 소리쳤다.

"안나겸! 가드를 부순다는 느낌으로 보디 샷을 때려. 상 단을 건드리고 빈 곳을 치지 마라. 상대가 바보냐?"

일방적으로 안 관장님의 코치를 받으면서도 나는 헛손 질만 해댔다. 그런 나를 약 올리듯 유미가 내 급소만 노려 서 적시에 펀치를 날렸다. 한쪽에서는 호되게 얼어맞으면 서 다른 한쪽으로는 훈계를 듣는 기분이 가히 좋지 않았다. 온 신경이 날아드는 유미의 주먹에 꽂혀 있는데도 나에게 막아내는 재주가 없다니! 사람이 참는 데도 한계가 있다.

"으아아, 씨!"

내 입에서 나온 소리라고는 믿기 힘든 들짐승 같은 괴 성이 허공을 찢었다. 아무리 훈련이라도 얼어만 맞고 속 좋 은 인간은 없는 법이다. 나는 유미의 눈을 똑바로 주시했다.

나처럼 흔들리고 있을 것이라고 확신했던 유미의 눈동자는 매서웠고 건조했다. 나는 전력을 다해 싸우기로 결심했다. 그리고 몸을 날렸다. 미안함과 서운함, 분노와 야속함이 뒤엉킨 감정이 주먹에 실렸다. 빗맞았다. 그러나 유미의 스텝이 눈에 띄게 흔들렸다.

"이건 복싱이야. 안나겸 회원님, 개싸움이 아니라고!"

안 관장님이 나를 향해 악을 썼다. 이번 스파링은 망했다. 냉철한 전략 싸움이 부재한 경기였다. 하지만 개싸움이건 복싱이건 나는 이 순간만큼은 싸워서 이기고 싶은 마음뿐이었다. 당당히 이겨서 유미에게 따지고 싶었다. 언제까지 이렇게 서로를 피하면서 살아야 하냐고, 이유미 네 속을 탈탈 털어서 보여달라고 말이다.

주먹에 집중을 해도 내가 이길까 말까인데, 머릿속이 지옥이었다. 대단한 동체 시력을 가진 유미를 상대로 똑바로 시선조차 마주치지 못하는 자신이 한심했다. 마구잡이로 주먹을 들이밀었다. 어찌 된 영문인지 유미는 공격 대신 방어만 하고 있었다. 그래서 더 밉고 야속했다. 차라리 내 눈을 쏘아보고 한 방 먹일 것이지.

"야, 그냥 때려! 너 이따위로 대회 나갈 거야?"

공격을 주먹이 아니라 입으로 했다. 그 순간 유미와 시

선이 얽혔다. 유미의 눈빛 속에서 불길을 보았다. 코가 얼얼
했다. 피 봤다.

"으아!"

코가 퉁퉁 부었다. 내 비명 소리에 놀란 관장님과 도석
환, 그리고 김간난 할머니가 나를 에워쌌다. 관장님이 내 헤
드기어를 벗겼다. 뜻밖의 코피에 웃어야 할지 울어야 할지
갈팡질팡했다. 시험 기간 때는 죽어라 밤새워도 코피 한 방
울 나오지 않더니만.

"안나겸 회원님, 그렇게 훈련하기 싫어하더니 당분간 쉬
어야겠네."

안 관장님이 코피를 닦아주며 날 이리저리 살펴보았다.

"뭐예요?"

순간 안 관장님이 일전에 병원에서 김간난 할머니에게
등을 내밀었던 모습이 스쳐 지나갔다.

"업혀요, 안나겸 회원님."

"네에? 저 다리가 아니라 코에서 피 난 건데요?"

내가 질색하자 쪼그려 앉아 있던 안 관장님이 고개를 돌
리더니 유미를 보며 가까이 오라는 손짓을 했다.

"이유미 회원님, 안나겸 업어."

"네? 됐어요."

참으로 기괴한 농담을 하는 안 관장님이었다. 도석환이 자기가 업겠다고 나서자 안 관장님이 밀어내며 말했다.

"농담이야, 농담. 스파링하다 보면 실수도 할 수 있지. 이것도 훈련의 과정이야."

안 관장님이 유미의 어깨를 토닥였다.

"잘했다, 이유미. 그동안 안나겸이 힘들다고 얼마나 뺀질댔니? 나 대신 복수, 멋졌어. 베스트 복서야."

안 관장님이 우리 둘에게서 눈을 떼지 않았다.

* * *

스파링 이후로 전신 거울에 비친 유미의 섀도복싱 동작을 무시하려고 했지만 자꾸만 눈길이 갔다. 유미의 동작에는 힘이 아니라 내가 읽어내지 못하는 영혼이 깃들어 있는 것만 같았다. 이전까지는 몰랐던, 또 다른 유미의 영혼을 마주하고서 나는 어떤 표정을 지어야 할지 알 수 없었다. 내가 아는 유미가 유미의 전부일 거라 여겼던 것이 얼마나 큰 착각이었는지 이제야 알 것 같았다.

저렇게 현란하고 정확하게 섀도복싱 동작을 하는 유미의 상상 속 적은 누구일까? 설마 나는 아니겠지? 아니라고 확신하기에는 괜히 마음이 뜨끔했다. 심장 한가운데에 잽이 제대로 먹힌 느낌이었다. 심호흡을 하고 땀을 닦았다. 거울 속의 나를 보니 가관이었다. 얼굴에 나조차도 해석할 수 없는 그림자가 내려앉아 있었다.

“아…… 쪽팔려서 하기 싫다.”

작은 한숨과 같이 내뱉었는데 하필이면 안 관장님의 레이더망에 걸렸다. 굳게 다문 입, 나를 가만히 지켜보는 시선이 부담스러웠다. 또 별안간 새벽 조깅을 나오라고 하는 건 아닐지 벌써부터 겁이 났다. 안 관장님이 팔짱을 꼈다. 이건 안 관장님이 뭔가 심오한 생각을 하고 있다는 뜻이다.

“안나겸 회원님, 밥은 먹었나?”

긴장하고 있던 찰나에 돌아온 건 고작 식사 여부를 묻는 질문이었다. 분명 평범한 안부 인사나 다름없는데 가슴 저 깊숙한 곳에서 억눌렸던 무언가가 솟구치더니 폭발했다.

“관장님! 저는 여기에 살 빼러 온 사람이에요. 밥 먹으러 온 사람이 아니란 말이에요!”

“자알 압니다.”

돌변한 관장님의 존댓말에 더 약이 올랐다. 일부러 내 속을 뒤집으려고 이러나 싶은 의구심이 들었다.

“근데 왜 저만 보면 밥 타령이에요?”

"먹은 게 있어야 건강하게 소모할 에너지가 생기지."

"차라리 그냥 샌드백 천 개를 치라고 하든지 줄넘기 천 개를 하라고 해요."

안 관장님이 내 얼굴과 샌드백을 번갈아 보더니 고개를 천천히 가로저었다. 결국 타협해서 미숫가루를 옥상정원에서 함께 마셨다. 관장님은 우유에 미숫가루를 탔고 나는 그냥 물에 미숫가루를 풀었다. 칼로리 운운하는 날 보고 관장님이 혀를 찼다.

"너 내 손맛이 얼마나 대단한 줄 아냐?"

"미숫가루에 무슨 손맛이 필요해요? 그냥 섞기만 하면 되는데."

미숫가루를 휘휘 젓던 안 관장님이 젓가락을 내려놓았다. 그러고는 언제 갖고 왔는지 모를 대접 안에 얼음을 띄워주었다.

"쪽팔리기 싫으면 단숨에 쭈욱 마시도록 해, 안나겸 회원님."

"쪽팔리는 거랑 미숫가루랑 뭐 상관이에요?"

분명히 아무런 상관관계가 없었다. 하지만 안 관장님은 논리가 결여된 문장을 입 밖에 내는 것을 두려워할 사람이 아니다.

“아까 쪽팔려서 하기 싫다며? 든든하게 배를 채워. 배짱 생기게.”

머릿속은 카오스다. ‘쪽=미숫가루=든든한 배=배짱’이란 희한한 공식이 탄생했다. 안 관장님을 보니 뭔가 그럴듯한 명언을 남겼다는 표정이었다.

“그 쪽팔림의 벽을 뛰어넘어야 링 위에서 쪽팔리지 않을 수 있다. 어설프고 힘들어도 안나겸 회원님은 포기하지 않으니까 잘하고 있다는 뜻이지.”

럭키 체육관에 다니면서 예상외의 능력이 생겼다. 누군가의 말을 단순하게 듣지 않고 그 안에 숨은 상대방의 속마음까지 헤아려보려고 나름 노력하는 능력 말이다. 덕분에 관장님의 뜻 모를 조언에도 생각이 많아졌다.

“저도 돌 같은, 아니다. 바위같이 단단한 주먹을 갖고 싶어요.”

혼잣말이었다. 들으라고 한 소리가 아니었는데 안 관장님에게는 똑똑히 전해졌나 보다. 안 관장님이 얼음 하나를 숟가락에 올리더니 입안에 넣고 우물거리며 말했다.

“내가 보기에 우리 안나겸 회원님은 단단한 주먹이랑은 거리가 한참 먼 타입이야.”

저주도 이런 최악의 저주가 없을 것이다. 성장하고 싶어

하는 회원에게 잘되라고 기도는 못 해줄망정 대놓고 디스하는 스승이라니! 미숫가루 맛이 똑 떨어져서 대접을 내려놓았다. 내가 그러거나 말거나 안 관장님은 미숫가루를 싹 비웠다. 관장님의 입가에 우유 자국이 남았다.

"네 주먹은 다정한 주먹이랄까?"

금시초문이다. 복싱 이론서에도 없을 용어였다. 도대체 잘 싸우는데 다정함이 무슨 소용이 있을까? 상대를 단박에 제압할 견고하고 굳센 주먹만이 승리를 가져올 수 있는 열쇠가 맞다. 그런데 다정한 주먹이라니!

"개인주의가 팽배한 이 사회에서 다정할 수 있다는 건 강하다는 뜻이야."

어디 내 앞에서 개똥철학을 펼쳐 보이려고 술수를 쓴단 말인가. 항의하려는데 안 관장님이 숟가락을 들어 내 말을 막았다.

"안나겸 회원님, 우리가 휘두르는 주먹은…… 다정한 주먹이다. 알겠지?"

"아니, 그딴 물렁한 주먹을 가져서 어디에다 쓰게요?"

적절한 반문이었다.

"다정한 주먹을 가져야지. 주먹을 마구 휘둘러도 그 누구도 다치지 않게. 넓게 뻗은 주먹을 펴서 더 많은 사람을 끌어당겨 안아줘야지. 안긴 사람이 내 편이어도 좋고 내 편이 아니어도 괜찮아. 그래야 못난 나 자신도 끌어안아 줄 힘이 생기는 거야. 그게 복싱하는 사람이 가져야 할 마음가짐이다.”

안 관장님은 유미와 비교하는 내게 나만의 페이스를 가지라고 격려하고 싶었나 보다. 그래, 링 아래서 실컷 쪽팔리고 링 위에서는 내가 누군지 똑똑히 보여주자!

＊ ＊ ＊

유미가 쓰러졌다. 그럴 줄 알았다. 요 며칠 심하게 스스로를 몰아붙이는 유미를 보면서 내가 알던 이유미는 다 사라진 건가 싶었다. 순둥순둥한 이미지는 어디론가 증발하고 투지의 화신이 되어 훈련에 심혈을 기울이고 있었다. 민소매 아래로 드러난 팔뚝은 체지방 제로의 증거였고, 쭉쭉 내뻗는 펀치 동작은 날래고 시원시원했다.

“저러다가 쟤 야단나겠다.”

권오늘은 유미를 향해 모르는 사람 말하듯 촌철살인을 날렸다. 이럴 때 보면 참 정나미가 떨어질락 말락 했다.

“말이 씨가 돼.”

그랬던 권오늘과 나의 입방정이 유미를 쓰러지게 만든 것 같아 학교 수업이 끝나자마자 병문안을 가기로 했다. 4교시만 겨우 마치고 조퇴하던 유미의 몸은 불덩이였다. 권오늘한테 누군가에게 두들겨 맞은 느낌이라고 말하면서도 헤실헤실 웃는 유미를 보며 하마터면 나는 울 뻔했다. 여전히 나를 외면한 채 권오늘에게 자신의 상태를 설명하는 유미에게 서운하기는커녕 걱정만 되었다. 우리가 화해했다면 걱정하는 나를 위해 유미는 괜찮다고 말했을 게 뻔했기 때문이었다.

교복 차림으로 유미네 초인종을 눌렀다. 벨 소리가 몇 번이나 울렸지만 대답이 없었다. 나는 현관문에 귀를 갖다 댔다. 권오늘이 나를 보고 잔소리를 했다.

"전화해. 문짝에 귀 댄다고 들려?"

"야, 권오늘. 내 전화 받겠나?"

권오늘이 전화를 걸자 신호음이 갔다. 신호음이 점점 길어졌고 상대는 받을 생각이 없어 보였다. 권오늘이 전화를 끊으려는데 현관문이 열렸다. 얼굴이 빨갛게 달아오른 유미가 힘없이 웃고 있었다.

"그만 웃어. 웃는 것도 힘들어 보여."

권오늘이 인정머리 없는 소리를 하며 집 안으로 들어갔

다. 권오늘 뒤에서 쭈뼛거리는 날 보더니 유미는 먼저 등을
돌리고 발길을 옮겼다.

집 안은 어항 속처럼 고요했다. 유미네 부모님은 맞벌이
라 외동인 유미는 늘 혼자였다. 화장실로 직행한 권오늘이
손을 씻고 나오더니 냉장고를 열었다.

"이유미, 뭣 좀 먹었어?"

"입맛 없는데……."

"그러다가 죽어."

권오늘은 팩트만 내뱉는 나쁜 버릇이 있다.

"뭣 좀 사 올까? 유미야, 뭐 먹고 싶어?"

내가 묻자 유미는 의자에 풀썩 쓰러지듯 앉으며 고개를
가로저었다. 냉장고 안을 살피던 권오늘이 이것저것 꺼내
기 시작했다.

"죽 좀 만들어줄게. 무조건 먹어."

"권오늘, 죽도 만들 줄 알아?"

공부만 하는 앤 줄 알았는데 역시 선비 숯불갈비의 딸내
미가 맞았다. 권오늘이 무표정한 얼굴로 싱크대에서 채소
를 씻으며 내 질문에 심드렁하게 대답했다.

"모르지. 그냥 해보는 거지."

권오늘에게는 세상 모든 일이 쉽고 간단한가 보다. 능숙

하게 채소를 써는 권오늘을 보고 있자니 괜한 자괴감과 부러움, 호기심과 질투가 뒤범벅되었다.

"고기 없나? 소고기 조금만 있으면 좋겠는데."

권오늘이 휴대폰을 보며 중얼거렸다. 유미가 비틀거리며 식탁 의자에서 일어났다. 창백한 얼굴빛에 내 심장이 철렁했다. 나는 됐다는 유미를 억지로 부축해서 방으로 데려갔다. 침대에 유미를 눕히고 물수건이라도 이마에 얹어주려는데 책상 위에 복싱대회 신청서를 발견했다. 이게 모든 사달의 원인이라고 생각하니 신청서 쪼가리가 밉상스러웠다.

"이깟 게 뭐라……. 이게 뭐야!"

내 입에서 나온 것이라고 믿기지 않을 정도로 하이 톤의 비명이 터져 나왔다. 내 눈이 잘못되었나 의심하기에는 앞서 말했듯 내 시력은 지극히 좋았다.

"이유미, 너! 오네상이야?"

죽 그릇을 들고 방으로 들어온 권오늘도, 놀라 일어나 앉은 이유미도 벙긋거리는 내 입만 쳐다보았다.

"야, 이유미! 너 왜 말 안 했어? 우리한테까지 비밀이었던 거야?"

속에서 불이 솟구쳤다. 화해 같은 건 알 바가 아니었다.

출생의 비밀이라는 건 드라마에서나 등장하는 뻔한 에피소드쯤으로 치부했는데, 당장 내 옆에 있는 절친이 그 드라마의 주인공이었다니. 이유미가 한국인 아버지와 일본인 어머니를 가진 이중국적, 심지어 우리보다 한 살 언니였다니! 아홉 살에 입학한 게 뭐가 잘못이라고 우리한테 귀띔도 해주지 않았단 말인가. 유미가 그간 혼자 비밀을 안고 산 것 같아서 싫었다.

나는 억울했다. 유미에게 내가, 나와 권오늘이 고작 이런 존재밖에 되지 않는다는 게 화가 났다. 도대체 나에게 무슨 일이 벌어지고 있는 것이기에 권오늘에 이어 이유미까지 내가 모르는 뭔가를 가슴에 몰래 품고 있는 것인지. 모든 걸 깨닫고 보니 유미네 엄마가 하는 통번역 일도 자연스럽게 납득이 갔다. 유미는 침대에서 일어나 벽에 기대 내 눈치만 살폈다. 그 모습을 보고 있자니 다시 열불이 났다.

"그래서 안나겸, 너 유미가 일본인이라고 절친 그만둘 거야?"

권오늘은 꼭 이랬다. 자기도 놀라서 눈이 왕방울만 해졌으면서 침착을 가장한 채 나에게 질문했다.

"그, 그건 아니지만……."

"그럼 상관없잖아? 어차피 유미는 우리 친군데. 그냥 하던 대로 쭉 응원해 주면 되지.”

정답이었다. 친구를 응원하는 일에 조건을 건다는 것은 있을 수 없었다. 나는 이유미를 짧게 본 사람이 아니다. 우린 중학교 입학 이후 지금까지 함께 놀고 공부하며 삐치기도 했다가 화해했다가 같이 울기도 웃기도 한 죽마고우이자 영혼의 단짝이었다.

그랬기에 유미에게 내가 모르던 비밀이 있었다니 새삼 나와 함께한 이유미는 진짜가 맞나 하는 의구심이 든 것이다. 엄마가 그랬다. 잘 지내다가도 삐지고 서운해하는 날 보며 “친한 친구일수록 선 넘지 마라. 서로 지킬 건 지켜주는 게 오랜 관계를 잘 가꿔나가는 방법이야”라고 말이다. 엄마의 말뜻은 충분히 이해가 되었지만, 아무리 그래도 유미의 출생 비밀은 충격이 너무 컸다.

“안 물어봐서 알려주지 않았다는 말은 하지 마라.”

부은 얼굴로 유미에게 한마디했다.

“그런 말…… 안 해.”

유미가 순순히 내 말에 동조했다. 그게 더 속상했다. 차라리 이게 무슨 큰일이라고 따져대는 거냐며 짜증이라도 냈으면 나았으려나?

“복싱대회가 아니었으면 우리는 평생 네가 어떤 사람인

지도 몰랐을 거 아냐?”

머리는 그만해야 한다고 했지만 입이 내 멋대로 움직였다. 권오늘이 제 손바닥으로 내 입을 막았다.

“나겸아, 평생 모르지는 않았을 거야. 나중에 너랑 같이 운전면허 따기로 약속했으니까.”

그랬다. 주민등록증이 나오면 제일 먼저 같이 운전면허를 따기로 했었다. 유미가 조곤조곤 자신의 과거 이야기를 꺼내기 시작했다.

“5학년 초에 전학 왔잖아, 나? 그 전 학교에서 혼혈이라고 놀림받았어.”

“놀릴 일이 뭐가 있다고…….”

누가 봐도 유미는 딱 한국인이었다. 오히려 내가 종종 일본인으로 오해받아 명동에라도 나가면 관광객들이 일본어로 길을 물어오는 경우가 있었다.

“단짝한테 엄마가 일본 사람이라고 말했는데 그게…… 이상하게 놀림거리가 되더라고. 언제는 애니메이션 때문에 좋다고 하다가 어느 때는 갑자기 수군대고. 축구 경기라도 하면 ‘너 일본 응원하지?’라면서. 난 축구 관심도 없는데 말이야.”

뭐라고 한마디라도 할 줄 알았는데 권오늘이 조용했다.

가만히 의자에 다리를 꼬고 앉아서 창밖만 바라보고 있을 뿐이었다.

"너희랑 쓰리 걸스 되면서 괜한 말은 하지 말아야지 했어. 묻지 않는 내 가족사를 일부러 이야기할 필요가 없다고 생각했거든. 혹시라도…… 예전 같은 일이 일어나면 어쩌나 싶었거든."

유미의 그 마음을 알겠다. 지레 겁먹는다는 말이 어떤 뜻인지 이해가 갔다. 권오늘이 자리에서 일어나더니 유미의 손에 숟가락을 쥐여주었다. 그러고는 책상 위에 올려놓은 죽 그릇을 향해 고갯짓을 하며 말했다.

"그딴 일은 절대 일어나지 않아. 그러니까 죽이나 드세요, 오네상."

안나겸의 물렁살 타파 복싱 도전기 Day 58

인파이팅: 상대와 아주 가까이 밀착한 채 주먹을 주고받는 전투 방식

피하지 않는다. 최대한 가까이 붙어 서서 싸운다.

짧고 강하게 펀치를 주고받아야만 상대를 제대로 알 수 있다.

유미와 나처럼.

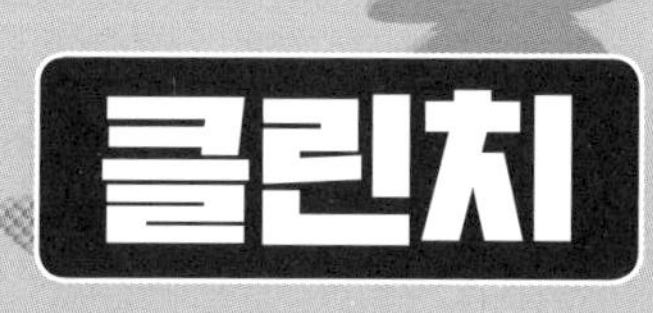

제대로
울 줄 아는

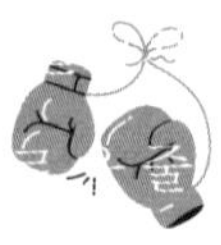

출출했다. 밥 먹은 지 얼마나 되었다고 배에서 요동치는 소리에 나 자신이 무안할 정도다. 역시 복싱하면서 소화기관이 지나치게 활발해진 게 틀림없었다. 편의점 냉동고 앞에서 뭘 고를지 서성이는데 내 또래 여자애가 "잠깐만요" 하더니 아이스크림 하나를 골랐다.

"이거 맛있어요. 딸기랑 망고 둘 다 괜찮아요. 모양도 너무 귀엽고."

상냥한 여자애의 추천으로 딸기 맛과 망고 맛을 하나씩 골랐다. 하굣길에 헤어졌던 권오늘의 낯빛이 예사롭지 않았다. 어떻게 권오늘의 낯빛을 읽어냈냐고 묻는다면 모르겠다. 그냥 느낌이 왔다. 지금 권오늘에게 어쩌면 내가 필요

할지도 모른다고 말이다.

아이스크림이 녹기 전에 권오늘한테 가야 했다. 골목길을 달렸다. 숨이 턱까지 차올랐지만 멈추지 않았다. 뛰면 뛸수록 힘이 났다. 이상한 일이었다. 예전에는 조금만 힘들어도 그만뒀는데 복싱 때문인가 숨이 넘어갈 것 같아도 더 힘을 내는 나를 발견할 수 있었다. 선비 숯불갈비 간판이 보였다.

'어? 왜 간판 불이 벌써 꺼졌지?'

나는 걸음을 재촉해 가게 앞으로 갔다. 조명 꺼진 가게의 문이 열리더니 권오늘과 아저씨가 나왔다.

"나겸이 왔구나. 어째, 오늘은 일찍 문 닫는데…… 저녁은 먹었니?"

아저씨는 오늘도 내게 밥 먹었는지부터 물었다. 어릴 때부터 본 아저씨는 온 세상 사람이 밥은 잘 먹고 다니는지가 지상 최대의 관심사인 것 같았다.

"네, 먹고 왔어요. 오늘이 보려고요."

"나를 왜? 무슨 일 있어?"

권오늘이 이럴 때마다 솔직히 살짝 정떨어지려고 했다. 친구를 보러 오는 데에 무슨 일이 생겨야 오나? 그냥 보러 올 때도 있는 법이지!

아저씨가 주머니를 뒤적이더니 돈을 꺼냈다.

"이거 갖고 가서 둘이 떡볶이라도 사 먹어라."

"아녜요, 아저씨. 오늘은 이거 같이 먹으려고 온 거예요."

나는 들고 온 봉지를 흔들었다. 아저씨는 늦지 말라는 말과 함께 집으로 발걸음을 옮겼다. 권오늘과 나는 아파트 단지 안 놀이터로 걸어갔다.

"앉자."

권오늘의 말에 그네에 앉았다. 우리는 놀이터에 오면 늘 그네를 찾았다. 나는 아이스크림을 권오늘에게 던졌다. 어느 거리에서든 어떤 속도로 던지든 척척 받아내던 권오늘이 아이스크림을 놓쳤다. 바닥에 풀썩 떨어진 아이스크림을 보고 나는 당황했다.

"너 무슨 일 있구나."

넘겨짚은 건데 권오늘이 입을 꾹 다문 채 묵묵부답이었다. 그래서 더 무서웠다. 권오늘이 입을 떼면 내가 감당하지 못할 이야기가 흘러나올까 봐. 그렇다고 비겁하게 절친의 일을 외면할 수는 없는 법! 의리 문제였다. 솔직하게 주먹을 뻗지 않으면 서로에게 닿을 수 없으니까.

떨어진 딸기 맛 셔벗을 주워 든 권오늘은 바닥만 보고 있었다.

"말해. 네가 말 안 하면 나 진짜 섭섭할 예정이야."

권오늘이 그제야 고개를 들고 발을 굴렀다. 꼼짝하지 않던 그네가 천천히 움직였다. 여름밤의 열기를 가르고 바람이 일었다.

"우리 가게 망했다. 폐업할 거야."

나도 권오늘도 감당하기 벅찬 현실이었다. 뭐라고 위로해야 할지 몰라서 입만 벙긋거리다가 꾹 다물었다. 휴대폰을 손에 쥐고 있는데도 '위로의 말'을 검색할 수가 없을 만큼 놀랐다.

어설프게 위로하는 대신 권오늘의 발놀림에 맞춰 나 역시 발을 굴러 그네를 타기 시작했다. 권오늘이 앞으로 향하면 나는 뒤로, 권오늘이 뒤로 밀려가면 나는 앞으로 나아갔다. 교차되어 잠깐 서로를 스치는 순간에도 나는 고개를 돌려 권오늘 얼굴을 보려고 하지 않았다. 그냥 먼 하늘을 보았다. 그래야 권오늘이 제 가슴에 담아둔 이야기를 하나씩 꺼낼 테니까 말이다.

선비 숯불갈비가 일찍 문을 닫은 데에는 이유가 있었다. 가게 운영이 쉽지 않았다고. 그런데 권오늘은 감쪽같이 모르고 있었다고 했다. 어쩌면 알면서도 공부에 방해받고 싶지 않아 '어른들의 일이니까'란 나름의 핑계를 대면서 외면

하고 있었던 것일지도 모른다고 자책하기도 했다. 권오늘답지 않았다.

“내가 진짜 섭섭했던 게 뭔지 알아? 엄마가 나 몰래 숨어서 울었다는 거야. 집안에 이렇게 큰 문제가 발생했는데 내가 알면 공부에 지장 된다고…….”

“엄마가 널 많이 걱정하셔서 그런 게 아닐까?”

“아니. 날 진짜 가족의 일원으로 생각했다면 집에 어려운 일이 생겼을 때 드러내놨어야지. 난 가족 아니야? 내 공부가 뭔데? 내 성적이 집안 망하는 것보다 중요하니? 성적은 다음에 올려도 돼. 엄마랑 아빠는 힘든 가족들과 서로 다독이고 응원할 기회를 마음대로 없애버린 거라고.”

권오늘은 몰래 운 엄마 때문에 화가 났고 서운했다고 하면서 정작 자기는 지금 어떤 표정을 짓고 있는지 모르나 보다. 불안과 슬픔을 애써 화로 가리는 권오늘의 표정에서 나는 ‘내일이 오지 않았으면’ 하는 마음을 읽었다.

“권오늘, 너 오늘은 내 앞에서 울어도 돼.”

내가 말을 마치기가 무섭게 권오늘이 울었다. 그것도 조심스럽게 흐느끼는 게 아니라 으앙 하고 소리를 내지르면서.

* * *

머리를 좌우로 미친 듯이 흔들어서 불행을 떨쳐낼 수 있다면, 아마도 세상 사람들은 백만 번도 더 그렇게 고개를 흔들며 눈앞에 다가온 불행을 외면할 거다. 이틀 전에 새로 배운 방어 기술인 슬립처럼 말이다. 상체를 좌우로 움직여 펀치를 피하는 동작을 내 몸에 딱 맞게 익히기도 전에 청천벽력과 같은 소식을 들었다.

"체육관도 그럼 문 닫는 건가? 그런데 진짜야, 체육관 건물이 넘어간다는 게?"

회원 중 누군가가 조심스레 한 말이었지만 문제는 내 청력이 예사롭지 않다는 데 있었다. 행운도 불행도 왜 연이어 오는 것일까? 적당히 번갈아 가며 오면 좋을 텐데 말이다.

권오늘의 눈물이 마르기도 전에 럭키 체육관에 불행이 닥쳤다. 이제는 안 관장님이 울게 생겼단 소리다. 공격이 들어올 때 잘 피해야 한다며 입에 침이 마르도록 내게 슬립 동작을 알려줘 놓고, 정작 관장님은 자신의 불운조차 피하지 못하다니! 내 푸념에 도석환이 어처구니없다는 표정을 지었다.

"그게 주먹처럼 피한다고 피할 수 있는 일이겠냐?"

도석환의 말에 배알이 꼴렸다. 나보다는 분명 도석환이 체육관에 더 오래 다녔고 추억도 더 많을 텐데, 재개발 때문에 당장 건물이 날아가게 생겼다는데도 애는 무덤덤했다. 아니, 오히려 평소보다 더 침착하게 움직였다. 거울을 앞에 두고 재개발이라는 이름의 적이 훅을 날리는 모습을 상상이라도 하는 건지 위빙과 반격 동작을 반복했다.

나는 내 앞의 샌드백을 있는 힘껏 때렸다. 체육관이 사라질지도 모르는 위기 앞에서 안 관장님은 한없이 평온해 보였다. 관장님은 유미를 상대로 미트 훈련에 몰두하고 있었다.

"타이밍과 거리를 계산해! 슬립, 잽!"

안 관장님의 목청이 더욱 높아져 갔다. 체육관 건물이 사라져도 안 관장님 목소리만 남아 메아리치는 건 아닐까 싶을 만큼 우렁찼다. 뿜어내는 기운이 전부 성대 쪽에 몰려 있는 느낌이었다.

"잘하고 있어! 정성스럽게 주먹을 뻗습니다! 한 번 더, 스트레이트!"

우리의 모든 도전은 정성스러워야 했다. 유미와 스파링을 해주는 관장님의 모습만 봐도 그렇다. 저렇게 진지하면서도 웃는 낯으로 스파링을 해주는 사람이 세상에 얼마나 될까?

샌드백을 향해 다시 힘껏 주먹을 내질렀다. 반드시 럭키 체육관을 지켜야만 한다.

＊ ＊ ＊

편의점 테이블에 생수 세 병을 일렬로 세워놓고 우리는 체육관을 지키기 위한 대책을 도모했다. 논의 끝에 로또를 사기로 했다. 그러나 물건을 정리하다 우리 말을 엿들은 구본희 언니가 미성년자는 로또 구입 불가라고 쐐기를 박았다. 목이 탔다. 생수를 단숨에 들이켰다. 물 사레가 들려 기침이 멈추지 않았다.

"최후의 수단이다. 우리에겐 오네짱이 있어."

나는 유미의 손을 잡았다. 권오늘의 손도 덩달아 끌어와 유미의 반대쪽 손 위에 얹었다. 양쪽으로 붙잡힌 유미가 인상을 썼다. 그래봤자 무섭기는커녕 귀여울 뿐이다.

"손 놔. 잡는다고 변할 건 없어."

일생일대 중차대한 계획을 앞두고도 권오늘은 냉철했다. 하지만 이 뜨거운 손은 뭐라고 설명할 것인가?

"아니! 유미, 네 두 손에 체육관의 미래가 걸려 있어."

외치는 내 목소리에 비장함이 풀풀 풍겼다.

"유미가 대회 우승만 하면 해결될 수 있어. 상금이 만만 치 않으니까."

나는 진지한 얼굴로 유미의 두 손을 마주 잡았다. 너의 이 작은 손에 럭키 체육관의 운명이 달렸다는 것을 각인시 키고 싶었다.

"오네상, 오네가이시마스."

나는 유미의 주먹을 두 손으로 공손하게 감쌌다. 그러자 유미가 심각한 표정을 지었다.

"너희가 나가도 되잖아. 만일 내가 못하면 어떡해?"

돌주먹을 가진 애답지 않게 유미는 멘털 훈련이 필요한 상황이었다.

"그건 아니지. 넌 무조건 잘해. 난 믿어. 그리고 확률상 나나 안나겸은 절대 우승은 아니야."

우리 셋은 편의점에서 탱크보이를 골라 입에 물었다. 평 소라면 빠삐코를 골랐을 권오늘도 오늘은 갈증 나서 초코 맛을 먹었다가는 토할 것 같다고 배 맛을 선택했다. 걱정 운운하면서도 모두들 아이스크림만 맛있게 먹었다. 달고 시원한 배즙이 식도를 타고 내려가자 희망이 위장 속에서 피어나는 듯했다.

"우승하면…… 상금 꼭 다 관장님 드려야 해? 우리 몫도 조금 떼어 달라고 할까?"

유미한테서 나올 줄 몰랐던 의외의 발언에 입이 절로 벌어졌다. 일단 체육관을 살리는 것만 생각하자는 내 말에 유미가 외쳤다.

"상금 받으면 너희랑 일본 여행 가고 싶었단 말이야."

뜻밖의 계획을 밝힌 유미 덕분에 권오늘과 나는 할 말을 잃었다. 침묵이 우리 셋 사이를 어슬렁거렸다.

"나무아미타불 관세음보살, 아멘, 인샬라……. 제발, 제에발 유미가 우승하게 해주세요……."

무교인 내가 온갖 종교의 신을 간절히 부르고 있었다. 오죽하면 창고 정리를 마친 구본희 언니가 우리를 보고 그랬다. 언니가 신이라면 무조건 우리 소원을 들어준다고. 간절하다고 온갖 신을 다 불러 대통합의 장을 만들 기세를 가진 애들이라면 안 들어주는 게 더 위험하다고 말이다.

＊ ＊ ＊

럭키 체육관 간판을 올려다봤다. 맨 처음 이 건물 앞에 서서 내가 했던 결심, 목표를 지금의 나는 몇 퍼센트나 이

뤘는지 곰곰이 따져봤다. 머릿속에 빨간 경고등이 번쩍였다. 몸무게는 오히려 2킬로그램이나 증가했고, 다른 회원들보다 쉽게 지치는 내 모습을 인식하면서 내가 얼마나 저질 체력의 소유자인지 알게 되었다. 그러나 가장 크게 깨달은 것이 있다면 나는 이곳에서 복싱을 배우는 것, 이곳에서 사람들과 함께 땀 흘리는 것을 좋아한다는 사실이었다. 그러므로 럭키 체육관이 사라지는 것은 막아야만 한다.

회원들 모두가 가고 없는 체육관에 안 관장님 혼자 남아 뒷정리를 하고 있었다. 살면서 누군가의 뒷모습을 보며 쓸쓸하고 안쓰럽다는 생각을 하는 때가 오다니! 하필이면 그 대상이 안행운 관장님이라는 것도 당혹스럽다. 안 관장님에게 다가가 다짜고짜 질문했다.

"문 닫아요?"

지금은 한가하게 훈련이나 청소할 때가 아니란 내 의도를 목소리에 실었다.

"네에, 지금 닫습니다."

장난기 섞인 안 관장님 대답을 들으니 속이 답답했다. 내 얼굴도 보지 않고 대걸레질에 집중하느라 전완근과 상완 삼두근에 힘이 잔뜩 들어가 있었다.

"아뇨. 내 말은 영업 끝, 포에버냐고요!"

앞뒤 생각 안 하고 무작정 체육관으로 달려온 것부터가 경솔했다. 이곳으로 달려온다고 무슨 특별한 해답이 나오는 것도 아닌데, 안 관장님이 괜히 걱정스러웠다. 불황이 계속되는 탓에 자영업자들이 생활고에 시달린다는 뉴스를 연이어 접한 까닭이다.

입을 꾹 다물고 있던 안 관장님이 허리춤에 두 손을 척 올렸다. 나는 부동산 전문가가 되기엔 배경지식이 너무 부족했다. 하지만 재개발로 인해 이 동네 일대의 건물들이 곧 비워져야 한다는 현실은 알고 있었다. 매섭게 눈을 치켜뜨고 진실을 말하지 않는다면 가만히 있지 않겠다는 듯 입술을 깨물었다. 걸레질을 멈추고 내 눈을 가만히 들여다본 안 관장님이 덤덤한 목소리로 말했다.

"걱정 말고 우리 안나겸 회원님은 오늘 해야 할 운동량을 소화하고. 그게 최선입니다."

엄마가 나와 안승균을 두고 종종 속 터진다는 소리를 한 이유를 조금은 알 것 같았다. 주파수가 맞아야 고민도 머리를 맞대고 해결할 수 있는 법이다. 얼마 전에 권오늘도 그랬듯이 어른들의 일은 어른들이 알아서 해결할 테니 우리는 공부만 잘하면 된다는 말에 나는 반대다. 오히려 같은 세상에 살고 있으니 어려운 일이 있으면 도울 생각을 하고 같이 고민해야 한다는 엄마의 말이 가슴에 더 와닿았다.

"안나겸 회원님은 그거 아나? 신은 우리에게 극복하지 못할 시련을 주지 않는다는 거. 생각보다 신은…… 관대해. 적어도 내가 그렇게 믿는다면."

나라면 망해서 체육관이 문을 닫게 된 이 상황에 안 관장님처럼 남의 일인듯 차분히 평소와 같은 일상을 살지 못할 것이다. 아마도 이리 뛰고 저리 뛰면서 돈을 빌리든지 그것도 안 되면 울고불고 난리를 치겠지.

"걱정됐니?"

"망해요, 체육관?"

"너 살 안 빠진다고…… 내가 망할 거라고 생각한 거야?"

그랬다. 안 관장님한테 왜 내 체지방만 차별하는 거냐고 왜 내 살만 안 빠지는 것이냐고 따져 물으며 분통을 터뜨린 적이 있었다. 살이 안 빠지면 여긴 럭키 체육관이 아니라 불행 체육관이라며 저주할 것이라고 안 관장님을 협박한 전적이 말이다.

"우리 안나겸 회원님이 밥맛을 잃지 않는 한, 절대 문은 안 닫는다."

이곳에서 살을 빼려고 발버둥 칠수록 내 영혼은 점점 더 살쪄가는 기분이 들었다. 내 몸을 살피고 평가하는 시간보

다 내 주위 사람들에게 눈길 한 번 마음 한 번 건네는 시간
이 더 많았으니 말이다. 현재로서 내 관심사의 넘버원은 안
행운 관장님이었다.

* * *

체육 시간을 앞두고 학교 내부의 체육관으로 가면서 유
미가 복싱 스텝과 몸을 회전시키는 피벗 동작을 연습했다.
늘 허리를 꼿꼿이 세운 채 조용히 이동하던 유미가 거리 계
산을 하며 복도를 가로지르는 모습은 내 기억에 오래 남을
일이었다. 섀도복싱을 하며 걸어가는 유미의 모습에 지나
가던 남자애들의 눈이 휘둥그레졌다. 더러는 과장된 포즈
로 유미의 주먹을 피하는 시늉을 하며 놀려댔다. 하지만 유
미는 그 어느 때보다 진지했고, 덕분에 그중 짓궂은 남자애
는 유미의 주먹맛을 제대로 봤다. 유미는 자신에게 무례하
게 주먹을 내지르는 남자애를 '쓱' 피하고 비웃음 섞인 얼
굴을 향해 카운터를 '빡' 날렸다. 놀리던 남자애들이 괴성을
지르며 복도 반대편으로 내달렸다. 평온한 사람은 유미뿐
이었다.

체육 수행평가를 대비해 기초 체력 훈련을 자유롭게 할

수 있는 시간이 주어졌다. 남자애들은 족구를 한다고 팀을 꾸리느라 수선을 피웠다. 여자애들은 두 부류로 나뉘었다. 스트레칭을 핑계로 주저앉아 이야기꽃을 피우는 애들과 잡기 놀이를 하는 무리로 갈라졌다. 나는 멍때리며 심신 단련을 하기로 결심하려는 찰나 유미가 내게 부탁을 해왔다.

"나겸아, 나 다리 좀 잡아줄래?"

유미는 복근을 키우는 데에 열심이었다. 수많은 펀치를 맞을 대비를 하는 것이다. 무조건 공격만이 살길이라는 내 외침과 달리 유미는 공수의 조화가 완벽해야 승리를 가져올 수 있다고 믿었다.

나는 맞는 건 질색이었다. 내가 약자라는 증거가 되지 않을까 걱정이 돼서였다. 하지만 유미는 잘 맞아야 잘 때릴 수 있다고 확신했다. 인간은 누구나 약자이고 자신의 약점을 인지하고 단련해야 보다 나은 사람이 될 수 있다면서 말이다.

"이유미, 배 터지면 어떡해?"

"네가 구급차 불러줘."

유미가 농담을 했다. 물론 유미의 배는 쉽게 터지지 않을 것이다. 요즘 유미가 소화해 내는 훈련량은 어마무시했다.

코어 근육의 중요성에 대해 안 관장님이 입에 침이 마

르도록 노래를 불렀던 것을 잊은 건 아니지만, 왠지 모르게 그 말이 나와는 너무 먼 뜬구름같이 느껴졌다. 나는 소리 내어 숫자를 세면서도 기계처럼 윗몸일으키기를 반복하는 유미의 표정을 진지하게 지켜보았다.

럭키 체육관은 유미의 많은 것을 변하게 했다. 어쩌면 지금껏 나는 내가 보고 싶은 유미만 눈에 담았던 것은 아닐까 하는 생각이 들었다. 럭키 체육관에서 유미는 권오늘과 나 사이의 중심을 잡아주고 공기처럼 흐르던 유미가 아닌 제 목표를 세우고 눈빛을 반짝이는 유미, 힘주어 목소리를 내는 유미, 숨을 몰아쉬면서도 묵묵히 훈련을 소화해 내는 '새로운 이유미'를 만난 듯했다.

"나겸아, 나…… 진짜 잘해보고 싶다. 처음으로 욕심이 생겼어. 메달 꼭 따고 싶어. 그래서 나중에 가능하다면 프로 선수도 되면 어떨까 해."

"그래, 돌주먹 잘 키워놓고 썩히는 건 아깝지. 그럼 메달 따고 성공해서 너 괴롭혔던 애들한테 나랑 같이 복수할까?"

"아니, 됐어. 난 더 나은 사람 되려고."

지금 자신이 얼마나 반짝거리는지 유미는 알까? 나는 글러브를 끼고 링 위에 오르는 유미를 언제까지고 목이 터져라 응원할 게 뻔했다. 유미가 상대에게 펀치를 맞으면 눈을 가린 채 힘내라고 아우성을 칠지도 모르지만, 그래도 나는 자리를 벗어나지 않고 관중석에서 유미와 함께 경기를 뛸 것이다.

유미의 다리를 붙잡은 손에 힘이 들어갔다. 진심을 다해 누군가를 응원한다는 게 이렇게 체력을 요구하는 일인 줄 처음 알았다. 기꺼운 마음으로 유미의 다리에 온 힘을 다해 매달렸다. 내 기운이 느껴졌는지 유미가 웃으면서 윗몸일으키기 속도를 높였다.

＊ ＊ ＊

안 관장님은 희한한 사람이었다. 체육관에 음식을 갖고 오는 아줌마들은 절대 사절이면서 우는 아이는 대환영이었다. 오늘도 김간난 할머니가 해준이의 손을 잡고 체육관에 들어섰다.

"다 큰 형아가 울면 쓰나?"

반갑게 손까지 흔들며 인사를 해주는 안 관장님의 모습은 그야말로 '헐'이었다. 어찌나 다정하게 손을 흔드는지. 굳은살이 잔뜩 박인 두꺼운 손으로 하늘거리는 모양새라니! 가히 인상적이라 할 만했다.

“하필이면 어린이집도 쉬는 날이라…… 해준 엄마가 퇴근 후에 이리로 온다고 했으니. 안 관장, 그럼 부탁해요.”

김간난 할머니는 오늘 촬영 일정이 잡혀 있었다. 할머니는 품에서 떨어지지 않으려는 해준이를 억지로 떼어놓고 떠났다. 체육관 바닥에 누워서 우는 아이를 달랠 줄 아는 사람이 없었다. 안 관장님이 몇 번이나 안아보려고 시도했지만, 그럴 때마다 해준이는 경기를 일으키듯 바닥을 구르며 더 크게 울었다.

“관장님, 이러다가 신고 들어가겠어요.”

오랜만에 운동하러 온 대학생 정택 오빠가 걱정스러운 낯으로 아이를 바라봤다. 권오늘이 오늘따라 지각이었다. 권오늘이라면 아이를 휘어잡는 방법도 분명 알았을 텐데…….

안 관장님은 회원들에게 걱정하지 말라는 신호를 보내더니 해준이 앞에 무릎 꿇고 앉아 어르고 달래는 말을 읊기 시작했다. 공격 성공률로 치면 0퍼센트였다. 천하무적 안행운 관장님이라도 우는 아이를 달래는 데엔 한 방도 먹히지 않았다. 순간 관장님과 눈이 마주쳤지만, 나는 재빨리 고개를 돌려 샌드백에 집중했다. 잽과 스트레이트가 익숙해진 요즘이다.

‘너무 반복만 하는 것 같은데. 스텝도 다양하게 써보고 싶고…….’

급식을 먹으러 갈 때도 음악실로 갈 때도 쉬지 않고 슬립 동작을 연습하는 유미를 떠올리며 나도 해준이의 우는 소리 맞춰 고개를 좌우로 피하고 샌드백을 쳤다. 내 몸에 나만의 리듬이 흘렀다.

“어? 해준이 왔네.”

도석환이 체육관에 도착하자마자 우는 해준이를 아무렇지 않게 번쩍 안았다. 갑자기 몸이 들어 올려진 해준이는 몸부림을 치다가 도석환의 얼굴을 확인하고는 순한 양이 되었다. 졸지에 도석환은 남해준의 보호자가 되었다.

체육관에 다시 기합 소리, 땀 흘리는 풍경이 가득 찼다. 기특하게도 해준이는 도석환의 시선이 걸리는 구석 자리에 앉아 권투 글러브를 가지고 놀았다. 글러브를 만지면서도 흘끔거리며 눈치를 보는 게 마음에 걸렸다. 아마도 큰 소리로 운 것은 두려움과 쑥스러움의 표현이 아니었을까 싶다. 나도 어릴 때 낯선 곳에서 엄마와 떨어지면 경기를 일으키듯 울었다는데, 해준이의 반응은 당연한 것이었다.

“쟤 졸린가?”

스파링을 뛰고 난 도석환이 땀범벅이 된 채 내게 다가왔다. 수건으로 땀을 닦으면서도 해준이에게서 시선을 떼지 않았다. 그러더니 해준이네 집을 모르는데 어떻게 데려다주냐고 걱정을 했다.

"걱정 노. 배우님 말이 해준이네 엄마가 퇴근하고 이쪽으로 온다고 하셨어."

대답하면서도 나는 도석환의 팔에 잡힌 근육을 가만히 관찰했다. 확실히 단련된 몸이 맞았다. 팔 근육, 힘줄의 견고함이 남달라 보였다.

"다 봤냐?"

"야, 그런 거 아니거든?"

"봐도 돼. 내가 봐도 내 근육, 괜찮아. 안나겸은 언제 내 스파링 상대가 되려나? 다시 태어나면? 흐흐흐."

영원히 도석환의 스파링 상대는 안 해줄 거라고 말하려는데, 해준이가 우리를 향해 손을 들어 보였다. 졸음이 그득한 눈이 반쯤 감겨 귀여웠다.

"업어."

해준이의 말에 도석환이 피식 웃더니 넓은 등을 해준이 앞에 대령했다. 그러나 해준이는 도석환의 등을 작은 손으로 밀어내더니 나를 경악하게 할 만한 행동을 했다.

"업어."

하고많은 사람을 놔두고 해준이는 왜 나를 두고 업으라고 명령하는 걸까? 이러다 나만 보면 업으라는 병에 걸리는 건 아닐는지. 우물쭈물하는 날 보던 도석환이 해준이를 어르며 나 대신 업어주겠다고 했다가 단박에 거절당했다. 조그만 손이 제법 야무지게 도석환의 등을 떠밀었다.

"아니! 가. 형아, 가!"

그러더니 날 보고 또박또박 한 번 더 제 의견을 피력하는 것이었다.

"업어."

환장할 일이었다. 내 이름을 '업어'인 줄로 착각한 게 틀림없다.

"내가 복싱으로 단련시킨 하체 근육을 앨 업으려고 쓸 줄이야. 하아…….."

투덜대기는 했지만 나는 작은 꼬마를 이기기에 역부족이었다. 주먹을 휘두르는 방법은 터득했지만, 아무래도 업어달라는 꼬마를 상대하는 방법은 훈련 부족이었다. 도석환 말로는 해준이는 엄마 껌딱지이면서도 집안의 형편을 아는 효자라고 했다. 한부모 가정이라 해준이네 엄마는 일을 쉴 수가 없는데, 그래서 해준이를 미처 부탁할 곳이 없을 때마다 이웃들이 사정을 알고 돌봐주는 일이 종종 있다고. 나 역시 어릴 때 부모님이 맞벌이라서 돌아가신 할아버지 손에 자란 적이 있었다. 친척들에게 맡기면 어떠냐는 나의 말에 도석환은 난처한 얼굴을 하더니 내 귀에 몸을 기울이고 가만히 속삭였다.

"해준이 엄마가…… 학생…… 그러니까 아주 어릴 때 해준이를 낳아서…… 집안이랑은 연락을 끊었다나 봐."

나는 더 묻지 않았다. 울먹이던 해준이는 내 등에 업히자마자 조용해졌다. 낯을 가린다던 애가 하필이면 왜 나를 지목해서는! 집 가는 길에 3층의 사주카페에 들러서 남해준과 나의 전생 인연이라도 물어봐야 하나? 자꾸 웃음이 나왔다. 작고 보드라운 아이가 등에서 꼬물거리는 느낌이 그리 나쁘지 않았다.

"탁월한 능력이네, 우리 안나겸 회원님."

운동을 하는 대신 해준이를 업고 있는 나를 향해 안 관장님이 주말 특훈을 약속했다. 정중하게 사양한다고 몇 번이나 거절했지만, 관장님은 어디서 배웠는지 "반사!"라는 시대가 한참 지난 유행어를 구사하며 부득불 특훈을 강행하겠다고 화이트보드의 훈련 일정표에 날짜까지 커다랗게 적어놓았다. 안 관장님의 말을 칭찬으로 들어야 할지 놀림으로 해석해야 할지 갈팡질팡하는 사이 권오늘이 체육관에

왔다.

"새로운 방식의 하체 운동법이야?"

권오늘은 농담도 진지하게 하는 단점을 갖고 있다. 무표정한 얼굴로 권오늘이 내 등 뒤를 바라보았다.

"야, 네 등이 흔들리지 않는 침대인 줄 아나 보다."

노골적인 권오늘의 시선에 해준이가 내 등에 고개를 파묻는 것이 고스란히 느껴졌다. 권오늘은 핸드랩으로 천천히 손을 감싸며 내게 의견 하나를 제시했다.

"업고만 있지 말고 기왕 이렇게 된 거 한글 공부 시켜도 괜찮겠다."

웃기고 있다. 세 살짜리가 똥오줌만 잘 가리면 훌륭하지, 무슨 한글? 난 한글을 초등학교 입학 직전에 터득했다. 그래도 사는 데 아무런 문제가 없었다.

"여기서 체력 훈련까지 같이 시키면 어떨까? 공부도 체력 싸움이거든."

권오늘은 이렇게 된 이상 조기교육을 시키자고 했다. 안 관장님에게 제안해 보겠다는 권오늘을 말리려고 했지만, 샌드백을 향해 자신 있는 동작으로 매섭게 크로스 카운터를 꽂는 모습을 보고는 입을 꾹 다물고 말았다. 어느새 권오늘의 복싱 실력도 무섭게 늘고 있었다.

클린치: 상대가 움직이지 못하도록 꽉 끌어안아 공격을 막는 방어 기술

복싱에서도 숨을 고르고 생각할 시간이 필요하다.

힘든 상황에 빠진 권오늘과 안 관장님에게

내가 써야 할 기술은 클린치가 아닐까?

처음

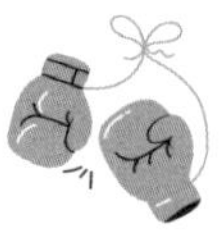

김간난 할머니가 휘청거렸다. 팔굽혀펴기를 하다 말고 할머니에게 달려갔지만 한발 늦었다.

"배우님! 김간난 씨! 엄마아! 왜 전화 안 받아? 전화 좀 받으면 좋잖아. 내가 여기까지 찾아오느라 얼마나 개고생한 줄 알아?"

할머니의 아들이 체육관으로 찾아왔다. 횡포도 이런 횡포가 없었다. 휴일 오전이라 체육관에 이 흉한 꼴을 볼 사람이 많지 않아서 다행이었다. 할머니에게 돈 달라고 협박하러 나타난 것이 뻔했다. 할머니가 ATM도 아니고 저 아들은 부모를 뭐로 보는 것일까? 옥상정원에서 화분에 물을 주고 내려온 안 관장님이 할머니의 아들과 맞닥뜨렸다.

"규성이 너 뭐야?"

안 관장님을 알아본 할머니의 아들이 짜증 난다는 듯 제 머리를 마구 흩트리면서 욕지거리를 내뱉었다. 안 관장님의 얼굴에 싸늘한 기운이 뿜어져 나왔다. 그 순간 내가 바닥에 쓰러진 김간난 할머니를 일으켜 세우기도 전에 할머니 아들이 달려들었다. 놀란 나머지 나까지 엉덩방아를 찧었다.

"안 돼!"

비명에 가까운 할머니의 외침과 동시에 뭔가 휙 빠르게 지나갔다. 이유미였다. 유미가 정말 눈 깜짝할 사이에 펀치를 날렸다. 크로스 카운터가 제대로 먹혔다. 한 방 얻어맞은 할머니의 아들이 이번엔 유미를 향해 달려들었다. 안 관장님이 막아서려는 순간, 유미가 또박또박 경고했다.

"쳐요. 대신 난 미성년자고 다 큰 어른이 미성년자를 폭행하면 불리할 거예요. 부모님과 합의 봐야 할 텐데 우리 부모님은 절대 합의 안 할 타입이라는 거 미리 알려드릴게요."

순간 유미에게 권오늘 영혼이 스며든 줄 알았다. 코앞에서 위협적으로 주먹을 휘두르는 할머니 아들의 행동에도 유미는 눈 하나 깜짝하지 않았다. 할머니가 유미의 다리를 붙잡고 빌었다.

"미안해. 내 잘못이야."

유미가 넋 나간 표정으로 할머니를 보았다. 그러고는 유미의 입에서 나왔다고 믿기 힘든 소리를 했다.

"맞아요. 배우님 잘못이에요. 왜 저렇게 키우셨어요?"

안 관장님이 다른 남자 회원들과 함께 할머니의 아들을 체육관에서 끌고 나갔다. 누군가 신고를 했는지 경찰차 사이렌 소리가 열린 창문으로 들려왔다. 그리고 할머니가 명치를 부여잡고 쓰러졌다.

＊ ＊ ＊

도석환이 김간난 할머니를 업고 뛰었다. 무슨 정신으로 병원까지 쫓아갔는지 기억이 나지 않았다.

"김간난 환자 보호자분 계신가요!"

응급수술을 위해 보호자가 필요하다는 의료진의 말은 나를 무너뜨리기에 충분했다. 할머니를 이렇게 만들어놓고도 보호자라고 불리는 할머니의 아들이 원망스러웠다. 안 관장님이 대신 서명을 하는 모습을 보자 폐부 깊숙한 곳에서 안도의 한숨이 흘러나왔다. 유미와 도석환, 나는 나란히 수술실 앞 의자에 앉아 침묵을 지켰다. 그 어떤 위로나 응원의 말도 없었지만, 서로가 어떤 기분인지 충분히 이해할 수 있었다.

전에도 이런 무기력함을 느낀 적이 있었다. 할아버지가 쓰러졌을 때였다.

"돈 있는 놈은 쉽게 죽지 않아. 건강을 돈으로 사면 되지. 세상도 좋아졌고 좋은 약도 많으니까. 약값 낼 돈만 있으면 어떻게든 산다."

우리 할아버지는 호기롭게 그 말을 건넨 지 석 달 만에 돌아가셨다. 그때 나는 온갖 신을 불러대며 기도했지만, 내 기도를 들어주는 신은 없었다. 내가 종교를 갖지 않은 탓일까 후회하고 자책하기도 했다. 이번엔 과연 신이 듣고 있을지 모르겠지만 나는 그때처럼 두 손을 꼭 잡고 기도하기 시작했다.

'할머니 수술이 잘 되게 해주세요. 건강한 모습으로 다시 주먹을 휘두를 수 있도록……'

김간난 할머니가 제일 멋있어 보였던 모습을 떠올리려고 안간힘을 썼지만, 힘없이 쓰러져 있던 모습만 머릿속에 맴돌았다.

"괜찮아? 음료수 사다 줄까?"

유미가 물었다. 오히려 내가 물어야 할 말을 유미에게

듣다니! 할머니 아들을 때렸던 유미의 주먹에 빨갛게 멍이 들어 있었다. 글러브 없이 핸드랩만 감고 있었던 탓에 다쳤나 보다.

오늘 밤 나는 유미도 할머니도 제대로 챙기지 못한 어설픈 사람이었다. 복싱을 하면서 안 관장님은 늘 강조했다. 몸과 마음이 함께 단련되어야 한다고. 그런데 난 오늘 몸과 마음 무엇 하나 단련된 것이 없었다.

수술이 끝났다. 할머니는 담석을 제거했다. 담당 의사 선생님이 안 관장님에게 수술이 잘되었다는 말을 전하자마자 나는 허공을 올려보며 보이지 않는 신을 향해 "베리 감사"라고 속삭였다. 안 관장님은 병원에 달려왔을 때나 지금이나 한결같이 고요한 표정이었다.

"정말 다행이다."

안 관장님의 다행이란 소리에 도석환이 자리를 털고 일어났다. 나는 그제야 도석환이 한 번도 일어서지 않았다는 것을 깨달았다. 할머니가 수술하는 동안 미동조차 하지 않고 가만히 앉아만 있었다.

"가자, 나겸아."

집으로 가자는 유미의 말에 나는 도석환과 반대로 오히려 다리가 풀렸다.

"할머니는 누가 돌봐요?"

걱정스러운 내 물음에 안 관장님이 주먹으로 자신의 가슴팍을 툭툭 쳤다. 둔탁한 소리에 이상하게 마음이 놓였다.

"미성년자는 집으로 돌아갑니다. 출발."

할머니가 병실에 가는 것까지 보고 가겠다고 우겼지만, 안 관장님은 계속 미성년자 운운했다. 내일은 주말이니 간병하러 오겠다고 선언하고서야 병원을 나섰다. 병원에서 나오는 길에 도석환이 혼잣말인지 나에게 하는 말인지 모르게 조용히 중얼거렸다.

"나 처음으로 내가 미성년인 게 화나더라."

도석환의 말은 내 속에 들어갔다 나온 것처럼 내 생각과 똑같았다. 유미의 버스가 먼저 왔다. 유미에게 오늘은 결코 잊을 수 없는 날이 될 것이다. 처음으로 누군가를 지키기 위해 주먹을 뻗은 날이니까. 버스에 탄 유미가 괜찮다는 듯 제 주먹을 우리에게 흔들어 보이며 떠났다. 나와 도석환은 정류장에 나란히 서서 버스를 기다렸다.

"도석환, 너희 할머니 생각났어?"

도석환은 내 질문에 대답하지도, 그렇다고 부정하지도 않았다. 하지만 나는 듣지 않아도 도석환의 대답이 뭔지 알 수 있었다. 쓰러진 김간난 할머니를 보고 아마도 도석환은 자기를 키워준 할머니를 떠올렸을 것이다. 나는 도석환에게 일러주고 싶었다. 미성년이라서가 아니라 그 누구도 인간의 삶을 좌지우지하기란 쉽지 않을 것이라고, 그러니 우리는 사는 동안 사랑하고 아끼는 사람들과 열심히 추억을 만들며 잘 살아야 한다고 말이다.

＊ ＊ ＊

가끔 그런 생각을 한다. 뉴스를 보면 늘 골치 아픈 사건 사고만 즐비한데 왜 이 세상은 망하지 않고 굴러가는 것인지 희한한 일이라고 말이다.

김간난 할머니가 수술해서 병원에 입원했다는 소식을 저녁 밥상에서 꺼내놓았다. 엄마는 전부터 시니어 복싱대회에도 참가하고 배우로 산다는 할머니를 두고 '찐 어른'이라며 부러워했다. 하지만 그건 그거고 내가 주말 동안 돌봐줄 가족 없는 할머니 간병을 하고 싶다는 말에는 공부나 하라고 할 줄 알았는데, 웬일로 흔쾌히 허락했다.

"그런데 나겸이 네가 뭘 할 줄은 알고? 네 방도 안 치우는 애가 괜히 할머니 더 신경 쓰이게 하는 거 아니야?"

"내 방 치우는 거랑 간병이랑 무슨 상관?"

엄마의 말뜻을 알면서도 대답이 곱게 나가지 않았다. 현재 내 방의 상태가 몹시 엉망인 까닭에 도둑이 제 발 저린 꼴이었다.

"아무래도 안 되겠다. 그냥 엄마가 가서 간병해 드릴까? 그게 낫겠다."

엄마는 밥을 먹다 말고 자리에서 일어났다. 당장에라도 병원으로 나설 기세였다. 그런 엄마의 앞치마 자락을 붙잡은 건 아빠였다.

"한 번이라도 만나 봤어? 어르신이 부담스러워하시면 오히려 회복하는 데에 좋지 않지."

아빠 말이 옳았다. 아빠는 지금 할머니 곁을 지키고 있는 사람은 있는 거냐고 물었다. 나는 안 관장님이 할머니를 지키고 있다고 대답했다.

"그냥 체육관 관장님이 아니시네. 회원들 몸 건강 마음 건강까지 다 챙겨주시는 분이시네."

아빠가 가만히 고개를 끄덕였다. 안 관장님은 늘 차분하고 조용했으며 나이 고하를 떠나 모두를 존중했다. 나는 그런 모습이 체육관 유지를 위한 회원 관리라고만 생각했다. 그러나 이제는 알겠다. 안 관장님에게 럭키 체육관의 회원들은 또 다른 이름의 가족이 아니었을까.

저녁을 먹는 둥 마는 둥 하고서 마당으로 나갔다. 계단에 쪼그리고 앉아 권오늘, 이유미에게 메시지를 보냈다. 우리 셋이 똘똘 뭉쳐 할머니 병간호를 하자고 결의를 다졌다.

반달이 떴다. 어차피 보름은 돌아오니 미리 보름달에 기도하는 셈 치면 된다. 나는 달을 보며 두 손을 경건하게 모았다. 그리고 무교면서 뻔뻔스럽게 기도를 했다. 아주 간절히.

"김간난 할머니가 얼른 나을 수 있도록 살펴주세요. 달님, 비나이다!"

＊　＊　＊

병간호를 자청하는 우리 쓰리 걸스를 물리친 것은 안 관장님이었다. 금방 퇴원할 줄 알았는데 할머니의 상태가 갑자기 안 좋아졌다. 아무리 복싱으로 단련을 했어도 나이는 못 속이는 법이라고 안 관장님이 걱정했다. 그러더니 한껏 진지한 얼굴로 나를 불러 밑도 끝도 없는 소리를 건넸다.

"체육관을 부탁합니다."

마시던 물을 뿜게 만들기에 충분한 말이었다.

"네에? 제가요?"

쓰리 걸스 중에서도 하필이면 나에게 이런 허무맹랑한

부탁을 하다니! 안 관장님이 많이 피곤하거나 소문대로 체육관을 은행이나 다른 사람에게 넘기고 포기하려는 게 분명했다.

"전 미성년자인데요?"

"할 수 있습니다, 안나겸 회원님은."

갑자기 존댓말까지 쓰는 걸 보니 더 불안하다. 나의 어딜 보고 럭키 체육관을 맡긴다는 것이지? 체육관을 다니는 동안 경영에 뛰어난 재능을 보여주기는커녕 복싱에 최적화된 몸도 만들지 못했고 주먹을 제대로 휘두르지도 못했다. 하나같이 어설프기 짝이 없었다.

"혜성처럼 나타나는 선수는 없다. 적어도 내가 아는 세상에서는 말이야."

'이건 또 무슨 소리?'

내가 눈알을 이리저리 굴리는 모습을 놓치지 않고 관장님이 내 심장에 쐐기를 박았다.

"안나겸 회원님은 럭키 체육관에서 그 누구보다 열심이고 진심이지. 그 수많은 불평을 나한테 늘어놓으면서도 꼬박꼬박 체육관에 나와서 훈련을 멈추지 않았으니."

내가 새로운 동작을 배울 때마다 안 관장님이 나 몰래 혀를 내두르거나 미간을 아주 잠깐 찌그러뜨리는 것을 모르는 줄 아는가 보다.

"멈추지 않고 부단히 움직이는 사람은…… 결국 이 세상의 승자가 된다. 너, 안나겸처럼."

"네에? 제……가요?"

터무니없게만 들렸던 관장님의 말도 이쯤 되니 점점 솔깃하게 느껴지기 시작했다. 내가 정말 그토록 위대한 회원이란 말인가? 선수 시절 치고 빠지는 기술이 탈인간급이었다는 안 관장님은 내 마음을 움직일 멘트도 적시 적소에 던질 줄 알았다.

미심쩍어하는 날 위해 안 관장님은 사랑의 세레나데를 부르듯 어느 철학책이나 에세이에 나올 법한 명문장 같은 말을 끊임없이 속삭였다. 매일 똑같은 하루를 차곡차곡 쌓아 올리는 사람들이 성공하는 세상이 필요하다면서, 그런 세상이 정직한 세상이라고 안 관장님은 자신했다. 그리고 내가 바로 그런 세상에 어울리는 사람이라고 했다. 진정 그게 나라면 럭키 체육관은 내가 맡아야 하는 게 옳았다.

"관장님, 말 안 한 게 하나 있는데요…… 우리 집에서 문단속이랑 가스 밸브 체크는 사실 제가 제일 잘해요."

한마디로 체육관은 걱정하지 말라는 내 나름의 대답이었다. 안 관장님이 호탕하게 웃었다. 위아래 앞니 여덟 개를

다 드러내고 웃는 모습이 낯설어서 나도 모르게 뒷걸음질

칠 뻔했다.

＊ ＊ ＊

나는 내가 장보기에 최적화된 인간이라고 생각했다. 하
지만 그건 엄마 따라 마트에 갔을 때 한정이었고, 막상 김
간난 할머니를 위한 영양식 재료를 사려고 하니 뭘 골라야
할지 난감했다.

"권오늘, 정답 좀 읊어봐."

부추 한 단을 들고 서서 권오늘에게 책임을 전가해 보려
머리를 썼다. 권오늘이 무덤덤한 얼굴로 부추 옆에 쌈배추
를 집어 들었다.

"나 우리 고깃집에서 불판 닦은 것도 얼마 안 된 거 알면
서 묻냐?"

곁에서 조용히 휴대폰을 들여다보던 유미가 우리 손에
들린 부추와 쌈배추를 빼앗아 다시 진열대에 내려놓았다.

"둘 다 담낭 제거 수술 후에 먹기 좋은 음식이 아니야.
생선찜, 계란찜, 닭 가슴살 같은 단백질이나 요구르트, 바나
나, 배, 그리고 팽이버섯."

유미의 말은 들은 권오늘이 피식 웃더니 물었다.

"이유미, 네 훈련에 도움 되는 음식만 나열한 거 아냐? 계란, 닭, 생선은 근육 회복제, 바나나, 배는 소화하기 쉬운 비타민 공급원, 요구르트는 칼슘이랑 단백질 보충용."

똑같은 학교를 다니는데 권오늘만 별의별 걸 다 알았다.

"그럼 팽이버섯은?"

내 질문에 권오늘이 날 보더니 내 배를 손가락으로 쿡 찔렀다. 장 건강에 좋은 모양이었다. 할머니 몸에 좋은 식재료를 알았으니 이제 그럴듯한 요리만 해내면 됐다. 하지만 우리 셋 다 해주는 음식만 먹을 줄 알았지 환자에게 대접할 만큼의 요리 실력은 없다는 게 문제였다.

"나 계란은 자신 있어."

유미가 명란 계란말이를 잘한다고 자신했다. 좀처럼 자기가 뭔가 잘한다고 확신하는 애가 아닌데 나서는 것을 보니 신기하기도 하고, 새로운 유미를 또 한 번 발견한 것 같아서 심장이 몽글거렸다.

"오, 오네상. 계란말이는 스고이인가요?"

내 엉터리 일본어에 유미가 웃으면서 자기만 믿으라며 가슴을 두드렸다.

"야, 이유미. 명란 계란말이는 짜서 환자한테 안 돼. 배우님에게는 부드러운 계란찜이 좋지. 나 선비 숯불갈빗집 딸내미야."

"그래서?"

우쭐대는 권오늘에게 내가 그래서 뭘 하겠다는 거냐고 딴지를 걸었다.

"갈빗집 서비스가 계란찜인 거 몰라? 내가 딴 건 몰라도 계란찜은 좀 한다."

메뉴는 정해졌다, 우리의 요리 실력과는 상관없이. 할머니가 빨리 낫기를 바라는 마음이 들어가는데 음식의 맛이 조금 어설프면 어떠랴! 정성이 가득한 것만큼 좋은 보약이 어디 있을까.

* * *

찬합 뚜껑을 열었다. 1단에는 권오늘의 계란찜, 2단에는 명란 대신 김이 들어간 유미표 계란말이, 3단엔 밀가루 대신 계란과 바나나를 이용해 만든 내 팬케이크가 들어갔다.

"할머니, 차리느라 애쓴 것들이니까 꼭꼭 씹어서 다 드세요."

내 말에 유미가 내 팔을 잡았다. 차린 것 없어도 맛있게 드세요 라고 입 모양으로 내게 알려주었다. 그러나 나는 유미처럼 인사치레할 생각이 눈곱만큼도 없었다.

"우리 딸내미들, 다 컸네. 고마워요, 잘 먹을게."

할머니가 나무젓가락을 들었다. 솔직히 맛은 보장할 수 없었지만, 할머니는 정성스럽게 젓가락질을 했다. 그 모습을 지켜본 안 관장님이 팔짱을 끼고 흐뭇한 얼굴로 찬합에 시선을 고정했다.

"내 건 없니?"

"관장님은 수술 안 했잖아요."

말은 얄밉게 건넸지만 관장님을 빼놓을 리가 없지! 엄마가 그랬다. 음식 갖고 사람 서럽게 만드는 게 세상에서 제일 치사한 짓이라고 말이다. 나는 도시락 가방에서 주섬주섬 또 다른 찬합을 꺼냈다.

"수술은 안 받았지만 관장님도 마음고생을 하셨으니까…… 얼른 회복하세요."

체육관이 망해서 관장님 마음도 엉망일 테니 수술한 것이나 마찬가지라는 속엣말은 참았다. 그러나 내 말의 의도를 잘못 해석했는지 안 관장님은 또다시 앞니 여덟 개를 고스란히 드러내 보이며 크게 웃었다. 사람이 크게 망하면 해탈을 하게 되는 것일까? 요즘 관장님은 사소한 것에도 웃음을 참지 못하는 사람처럼 굴었다.

"회원님들, 잘 먹을게요."

눈을 잠시 감았다 뜨는 관장님을 보고 유미가 몸을 내게 기울이더니 속삭였다.

"종교 있으신가 봐."

관장님은 펀치가 날아올 때 공기를 가르는 소리를 듣고 반응한다는 말을 종종 했는데 유미의 속삭임도 놓치지 않고 대답했다.

"아니, 난 나를 믿는다. 그리고 이 음식도 믿는다."

그럴 줄 알았다. 럭키 체육관에 들어서면 중앙에 자리한 링 왼쪽 벽면에 걸린 액자 속 문구가 인상적이었으니까.

'나 자신을 믿자.'

얼마나 많은 사람들이 럭키 체육관에서 땀을 흘리며 스스로를 믿었으려나? 주먹을 뻗으면서, 동선을 이동하고 수비와 공격을 반복하면서, 실패하면서, 마지막까지 자신을 믿었을까?

"저기요……. 할머니, 아드님은 알아요? 수술하신 거?"

눈치가 없는 질문일지라도 나는 할머니에게 문제아 아들이 어떤 의미일지 꼭 한번 묻고 싶었다. 체육관에서 몸을 단련하면서도 정작 아들에게는 매번 무너질 수밖에 없는 모성이라는 건 어떤 생김새를 가지고 있는 것일까? 안 관장님이 자리를 피하려는 듯 따뜻한 물을 가져오겠다며 병실을 나갔다.

김간난 할머니는 대답 대신 그냥 자신의 이야기를 풀어놓기 시작했다.

할머니는 평생 죽어라 일해서 돈을 모았다고 했다. 가난했으니 남들보다 더 고되게 일을 했고 악착같이 돈을 모으는 데에 목숨을 걸었다고 했다. 평생 모은 돈이 자신의 노후를 완전히 책임질 수 없다는 현실을 알게 되자 돈을 불리는 방법을 궁리한 끝에 일생일대의 결정을 내렸다. 그리고 할머니는 펀드 사기로 전 재산을 날리고 혼자가 되었다. 자식이 있었지만, 부모에게 돈이 떨어졌다는 사실을 안 자식은 없는 것이나 다름없다고 했다.

나는 할머니가 키워준 공 운운하며 아들을 원망할 줄 알았다. 이유야 어떻든 서러울 테니까. 하지만 김간난 할머니는 그러지 않았다. 아들도 제 앞가림하고 사느라 힘들었을 것이라고, 퍽퍽한 삶이 지옥 같아서 자신에게 투정을 부리는 것뿐이라고, 오히려 하나뿐인 아들을 조금이라도 못 도와준 자신이 죄스럽다고 했다.

가만히 듣고 있던 권오늘이 그런 할머니에게 딱 잘라 한

마디 건넸다. 권오늘의 표정은 겨울 혹한기나 다름없었다.

"배우님이 미안해하실 일은 세상 어디에도 없어요. 그냥 각자 사정이, 타이밍이 안 좋았을 뿐이에요. 앞가림할 수 있도록 키워주셨으니 그걸로 책임은 다하신 거라고요."

교과서 읽듯 무미건조한 음색이었고 표정 또한 시큰둥했지만, 왠지 모르게 나는 권오늘의 말이 할머니에게 큰 위로가 되지 않을까 생각했다. 마음을 풀어지게 만드는 미사여구 하나 없는 현실적인 소리인데도 할머니는 그 말에 웃었다. 포근해 보이는 눈동자 아래 설명할 수 없는 서글픔이 깊숙이 깔린, 그런 미소였다.

"따뜻한 물 드세요, 배우님."

절묘한 타이밍에 안 관장님이 모습을 드러냈다.

'진짜 너무 자주 웃네.'

관장님이 자꾸 웃어대서 뭔가 불안했다. 나는 그만 웃으라는 의미로 찬합을 밀어주었다. 안 관장님은 내가 만든 계란 바나나 팬케이크를 입안에 넣었다. 단백질과 비타민, 그리고 소화 기능까지 한꺼번에 잡는 음식이었다. 만들면서 간을 따로 보지 않았지만 자신을 믿는다는 관장님의 말처럼 나도 내 음식에 믿음이 있었다.

젓가락을 찬합 뚜껑에 내려놓고 생수를 마신 안 관장님

이 나를 보며 주먹을 불끈 쥐는 시늉을 보였다.

"나겸아, 내가 나 자신은 믿지만…… 이건 안 믿어도 되겠다."

내가 만든 팬케이크는 밍밍한 맛의 풀떡이었다. 감칠맛과는 거리가 멀고 재료 본연의 맛만 물씬 풍기는, 어딘가 어설픈 음식이었다. 하지만 할머니가 빨리 낫기를 바라는 마음만은 흘러넘치게 담은 건강식이라고 나는 자부한다.

 **안나겸의 물렁살 타파 복싱 도전기 Day 83**

크로스 카운터: 날아오는 상대의 주먹을 막지 않고

반대쪽 팔로 카운터를 날리는 기술.

유미가 김간난 할머니의 아들에게 그랬듯

피하지 않고 통쾌하게 펀치를 날려야 하는 순간이 있다.

내 주먹을 믿고, 나 자신을 믿고!

스트레이트

희망=노력

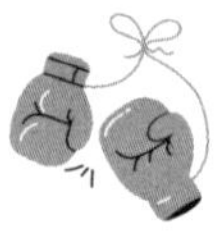

우리 모두의 몸과 마음에는 다정함이 숨어 있다. 권오늘은 그 다정함을 츤데레로 포장했고, 유미는 늘 변함없는 미소를 보여주는 것으로 대신했다. 그렇다면 나에게는 어떤 다정함이 있으려나?

유미를 아는 사람이라면 '유미=평정심'이란 공식을 윌 수 있을 정도로 유미는 평소 침착한 성격이었다. 그런데 오늘은 유미답지 않게 공격도 방어도 모두 서두르는 것 같았다. 스파링을 시작하자마자 보는 내가 다 불안했다. 공격이 먹히지 않자 유미는 눈에 띄게 허둥댔다. 그러더니 제 스텝을 잃고 자기 박자를 놓치고 '앗!' 외마디 비명과 함께 손목을 움켜쥐었다. 유미가 복싱을 시작한 이후 처음으로 눈물을 보였다. 심지어 단순히 운 것으로 그치지 않고 체육관을 뛰쳐나갔다.

"이유미! 거기 서!"

있는 힘껏 소리쳤다. 앞서 달리던 유미가 절대 멈춰 서지 않을 것이라고 확신하며 악을 썼는데, 예상외로 유미가 제자리에 우뚝 걸음을 멈췄다. 당황했다. 위로할 말을 미처 떠올리기도 전에 유미가 멈춰 서는 바람에 허둥대는 건 오히려 나였다.

"왜 멈췄냐?"

"오늘 너무 덥잖아."

유미는 이런 애였다. 제 속상함보다도 자기를 붙잡으려고 뛰는 내가 덥지 않을지를 먼저 걱정하는 친구였다. 이런 애를 위로할 방법은 어쩐지 고난도일 것만 같았다. 나는 유미 손을 잡고 근처 놀이터로 향했다. 날씨 탓인지 놀이터가 텅 비어 있었다. 유미를 그네에 앉혀두고 골목 입구 편의점으로 달려가 바나나킥과 프로틴 음료를 샀다. 냉장고 앞에서 음료수를 고르는 외중에도 유미가 대회를 위해 몸을 만들어야 한다는 사실을 고려하는 내 모습에 스스로 감탄했다.

그네에 앉은 유미는 미동조차 하지 않고 고개를 푹 숙인 채였다. 나는 유미 옆 그네에 조용히 앉았다. 화가 나도, 속상해도, 슬퍼도, 기쁘거나 즐거워도 우리에겐 언제든 찾아올 놀이터가 있다는 게 조금은 위안이 되었다. 변하지 않는 공간이 항상 우리를 기다리는 것 같은 기분이 들었기 때문이다.

나는 유미의 무릎에 프로틴 음료수를 놓아주었다. 마시고 안 마시고는 유미의 선택이었다. 다만 나는 유미가 자신에게 좋은 선택을 하길 바랐다.

"유미야, 고개 들어봐. 너 속상하면 발끝만 보잖아. 발끝 그만 보고 나 봐. 너 힘들 때 권오늘이랑 내 얼굴 보라고, 그러라고 우리가 네 옆에 있는 거야."

유미를 위로하려고 한 말에 나까지 울고 말았다. 나는 살을 빼고자, 유미는 새로운 도전을 하고자 주먹을 휘둘렀는데, 오늘은 둘 다 눈물만 찔끔거리고 있었다.

"나는 내가…… 싫었어. 나겸이 너처럼 의욕적이지도 않고, 자신감 넘치는 것도 아니고, 오늘이처럼 똑똑하지도 않고…… 꿈도 없고……. 무엇보다 끔찍했던 건 절친인 너희를 볼 때마다 내 못난 점만 찾는 나 자신을 발견할 때였어."

유미의 작은 한숨 소리가 유달리 내 귓가에 쓰리게 파고들었다. 나는 유미에게 인간은 원래 남과 비교하면서 성장하고 나아지는 것이라고 말하지 못했다. 유미의 급작스러운 고백 앞에 모든 것이 조심스러워졌다. 그리고 무엇보다 그 고민이 내가 유미와 권오늘을 보며 느꼈던 부러움과 똑같아서 아무 말도 할 수 없었다.

"그런데 처음으로 복싱이 하고 싶어졌어. 힘을 키워 주먹을 내뻗는 내 모습이 기특했거든. 유일하게, 어쩌면 잘할 수 있을지도 모른다는 걸 발견했는데……. 연습하면 할수록 내가 기대했던 것보다 내 실력은 아무것도 아닌 것 같아. 틀림없어."

대회에 나가겠다는 결심 자체가 무모한 도전이었다는, 후회가 짙게 밴 유미의 독백에 나는 당황했다. 유미가 이런 고민을 하는 줄도 모르고 별생각 없이 대충 하라는 둥의 말을 했던 것이 떠올랐다. 내 잘못이 맞았다. 그리고 나는 아직 제대로 된 사과를 유미에게 건네지 못했다.

"이유미, 저번에 내가 네 도전을 너무 가볍게 말했던 거 미안해. 네가 그런 생각 하는 줄 몰랐거든. 그래도 나는 절친이니까 네가 말하지 않아도 복싱이 재밌는지 시합에 어떤 마음으로 나가겠다고 결심했는지 물어보는 게 먼저였는데. 내가 진짜 미안해."

"나겸아, 네가 오늘이랑 같이 아픈 나를 보러 와준 날…… 넌 이미 나한테 미안하다고 한 거나 다름없어. 꼭

말로 해야 사과니?”

아무렇지 않은 척 신경 쓰지 않는 척 나는 발을 힘껏 굴러 그네를 탔다. 허공을 가르고 앞으로 뒤로 움직여 습기 가득한 공기를 헤집었다. 나는 부는 바람 속으로 유미에게 전하고 싶은 말을 흘려 보냈다.

“가진 것 없는 우리는 정말 열심히 해야 해. 그 어떤 편법도 쓰지 말고 그냥 묵묵히.”

권오늘이 언젠가 시험을 망치고 풀 죽어 있던 나에게 건넸던 말을 유미에게 그대로 전달했다.

권오늘의 말은 언제나 간단하지만 단단했다. 그 단단한 한마디에 마음을 홀랑 뺏겨 권오늘을 향해 고개를 있는 힘껏 끄덕였던 기억이 있었다. 유미도 날 보고 고개를 끄덕이길 바랐다. 내 바람이 유미에게 고스란히 전해졌는지 유미가 웃었다.

나는 그네를 멈추고 바나나킥 봉지를 뜯었다. 습한 공기 중으로 달달한 바나나 향이 퍼졌다.

“이유미, 슬럼프는 딱 오늘만이야. 대신 나도 너랑 같이 시합에 나갈게. 함께 뛸게.”

“죽어도 대회 같은 건 안 뛴다면서?”

“이번만 마음 바꾸기로 했지. 이유미가 가는데 내가 힘

좀 써야지, 안 그래?”

나는 과자 한 조각을 집어 입안에 넣었다. 혀에 닿은 바나나킥을 가만히 녹여 먹었다. 말없이 유미 앞에 과자 봉지를 내밀었다.

“입안에서 바나나킥이 녹는 동안만 슬퍼해야지.”

유미도 나처럼 과자 하나를 집어 입안에 넣었다. 눈물이 맺힌 유미의 눈동자가 무척이나 예뻤다.

* * *

“공격의 핵심은 기회입니다. 타이밍을 노려서 기회를 잡으세요!”

그렇게 잘 아는 사람이 왜 자기 체육관을 지킬 기회와 타이밍은 죄다 놓쳤는지 안 관장님에게 따져 묻고 싶은 심정이었다.

어른이라고 해서 다 투자의 귀재가 아니란 사실을 안 관장님을 통해 알았다. 하긴 우리 집에도 투자의 둔재가 한 명 있다. 바로 아빠다. 우리 집도 엄마의 투자 본능이 아니었다면 아직 전월세를 전전했을지도 모를 일이다. 늘 재테크에 신경 쓰는 엄마와 달리 아빠는 비가 오나 눈이 오나 바람이 부나 늘 새벽이면 회사로 출근할 뿐, 부동산 주식 코인 기타 등등과는 상관없는 삶을 살았다. 심지어 오빠도 가끔 샀던 로또 한 장조차 사는 법이 없었다. 그런 아빠에게 물어본 적이 있었다. 아빠는 살다가 망하거나 실패하거나 모든 게 뜻대로 되지 않으면 어떨 것 같냐고 말이다. 한참 고민할 줄 알았는데 아빠의 대답은 의외로 간단하고 명료했다.

"아빠는 말이야, 나겸아. 불행 따윈 겁나지 않아. 왜냐하면 인생이 그런 거거든. 시련이 오잖아? 마음 단단히 잡고 버티면 반드시 좋은 날이 와. 그게 인생의 룰이야."

나는 아빠가 말해준 인생의 룰이 마음에 들었다. 잘 견디면 반드시 더 좋은 날은 온다! 견디고 버틴다는 건 어쩔 수 없이 산다는 것이 아니라 내 삶을 포기하지 않고 누구보다 아낀다는 뜻이라고 했다. 돌아가신 할아버지도 사는 건 큰 풍년을 기다리는 일이라고 했다. 풍년보다 흉년이 더 많은 게 인생이라고, 묵묵히 풍년을 기다리며 하루하루를 꾸준히 살아내는 것이 삶이라고.

아빠는 복싱을 배우지는 않았지만 안 관장님과 비슷한 생각을 갖고 있었다. 마치 인생의 타이밍을 성실한 자세로 기다리고 있는 복서와 같았다.

마무리 운동을 하고 글러브를 벗는데 권오늘이 내 등을 툭 쳤다.

"안나겸, 나랑 같이 좀 가줘."

'가줄래?'가 아니라 '가줘'였다. 권오늘의 그 말은 내가 반드시 함께 가야 한다는 것을 뜻했다.

한편 관장님과 특훈을 하는 유미는 여느 때보다 빛났다. 유미가 별처럼 반짝인다는 내 말에 권오늘은 허허 너털웃음을 흘렸다.

"저거 다 땀이야."

체육관을 나서자마자 숨이 막혔다. 뉴스에서 연일 이상 기온이라고 떠들어대서 잘 알고 있었음에도, 더위는 고사하고 뜨거운 공기 속에 스민 습기에 영혼이 증발하는 기분이었다.

"주물러 콜라 맛 먹을래?"

권오늘의 제안이 반가웠다. 평소 탄산은 건강을 생각해서라도 자제하라며 잔소리하는 권오늘이 웬일인가 싶었다. 나는 주물러 콜라 맛을, 권오늘은 생수를 마시며 걸었다.

"근데 권오늘, 어디 가는 건데?"

"은행."

"은해앵? 뱅크?"

공교롭게도 우리가 걷고 있는 길의 가로수가 은행나무였다. 아름드리 은행나무가 만들어준 그늘이 뜨거운 햇살을 막아주고 있었다.

"너…… 은행에 무슨 일인데? 심부름?"

내가 물으면서도 말이 안 됐다. 각종 은행 어플과 인터넷 뱅킹이 손쉽게 모든 금융 업무를 처리해 주는데 이 더운 날에 은행으로 심부름이 가당키나 한 소린가?

"적금 깨려고."

"적금?"

전교 1등을 밥 먹듯 하는 순간부터 권오늘은 나와 약간은 다른 세상에 살 것이라고 예상은 했지만 적금이라니! 나는 용돈 받으면 쓰기 바쁜데 얘는 무슨 적금까지 들어놨다는 소린데……. 적금을 깨서 어디에 쓰려고 하냐는 내 물음에 권오늘이 담담하게 설명했다. 결국 선비 숯불갈비가 폐업을 했다고, 그래서 아저씨가 실의에 빠져 있다고 말이다. 그 모습을 보고 권오늘은 어릴 때부터 세뱃돈이며 용돈을 조금씩 모아놓은 적금 통장을 깨기로 결심했고 엄마한테 허락을 받았다고 했다.

"우리 아빠, 흠……. 내 적금 받고 자극 좀 받아야 해."

갑자기 권오늘이 어른스러워 보였다. 자극이란 단어가

주는 어감이 묘하게 다가왔지만, 권오늘은 아저씨의 인생을 다시 일으킬 충격요법쯤으로 해석하라고 했다.

"내 대학 등록금을 모은 통장인데, 괜찮아. 어차피 난 전액 장학생으로 입학할 테니까."

이래서 나는 얘가 무서우면서도 자랑스럽고 듬직했다. 붉어진 눈을 하고도 집안이 망했다고 프랜차이즈는 하는 게 아니라고 담담한 어조로 말하는 권오늘이 대단해 보였다. 애써 자기 감정을 추스르는 게 내 눈에 뻔히 보였는데도 권오늘은 숨을 고르며 상황을 객관적으로 정리하려고 애썼다.

은행은 사람들로 붐볐다. 우리는 번호표를 뽑고 겨우 구석 자리에 앉았다. 에어컨 바람이 시원해서 권오늘도 나도 아무 생각 없이 멍때리며 정면의 텔레비전에 시선을 고정했다. 대화가 오가지 않아도 전혀 신경 쓰이지 않는 관계가 절친 사이라더니 권오늘과 나는 절친이 맞았다.

"안나겸, 난 제대로 울 줄 아는 남자가 이상형이야."

텔레비전 화면에서 시선을 떼고 권오늘을 돌아봤다. 예기치 않은 고백에 당황했다.

"갑자기 뭔 소리?"

"어젯밤에…… 아빠가 불 꺼진 가게 구석에 쪼그려 앉아 있는 걸 봤어. 가게에서 가져올 것이 있다고 나갔는데……
집에 오질 않아서 내가 데리러 갔거든."

학습 능력이 탁월해서일까? 권오늘은 간밤의 일을 일목
요연하게도 정리해서 요점만 말해주었다. 있는 힘을 다해
울음을 참는 아빠를 지켜봤다는 권오늘의 목소리가 건조했
다. 번호표를 쥔 손을 떨지 않았더라면 나는 권오늘이 얼마
나 흔들리는지 눈치채지 못했을 것이다.

"너…… 아저씨 친딸 아니지? 가서 위로라도 해드리지."

나도 말은 이렇게 가볍게 했지만 쓰나미처럼 몰려든 내
고통이나 슬픔을 누군가에게 보여주는 일이 얼마나 괴로운
지 안다. 그리고 그 누구의 위로라도 이미 상처 난 마음을
새것처럼 뽀송하게 바꿀 수 없다는 것도.

"내 기존 캐릭터가 있지. 갑자기 내가 안 하던 짓 해봐.
우리 아빠…… 더 당황할걸?"

권오늘이 한숨을 쉬었다. 애와 친구를 하고 처음 듣는
한숨 소리였다.

"내가 조용히 피하는 게 우리 아빠 체면 세워주는 거야.
혼자서 자수성가했으니까 알아서 또 일어나시겠지."

망해가는 아빠한테 이렇게 쿨한 딸내미가 세상에 또 있
을까? 이걸 좋게 봐야 하는 건지 색안경을 끼고 봐야 하는

238

건지 나도 판단이 안 섰다.

"이따가 집에 가서 위로 한마디 정도는 할 생각이야. 그러니까 안나겸, 걱정하지 마."

너무나 당당하게 나오니까 권오늘이 더 걱정되었다. 적금 통장 깬 돈을 아저씨한테 쓱 내밀고 끝낼 권오늘의 모습이 눈에 어른거렸다. 얘는 그 어떤 달달한 말도 건네지 않겠지만, 분명히 돈 봉투를 건네는 손은 떨 텐데…….

"오늘이 너 아저씨한테 뭐라고 할 건데?"

권오늘의 이마가 보기 좋게 찌그러졌다. 어려운 수학 문제 풀 때도 구김 하나 없던 이마였는데, 꽤나 심각하고 어려운 문제를 내가 낸 모양이었다.

"아빠, 나도 자수성가할 테니까 내 걱정은 하지 마."

아저씨가 과연 권오늘의 저 말을 듣고 위로를 받으려나? 얼핏 들으면 각자도생하자는 소리 같은 딸의 말에 오케이라고 흔쾌히 대답할 아빠가 세상에 있을까? 그런데 이상하게 권오늘의 입에서 흘러나온 자수성가라는 말은 근사하게 느껴지니 알 수 없는 일이었다.

허리를 곧게 세우고 앉아 가만히 박자를 맞추는 권오늘의 발끝을 쳐다보았다.

"안나겸, 밖에 비 온다."

소나기였다. 우리가 전혀 예상치 못한 비가 거세게 유리
창을 두드렸다.

"비, 곧 그칠 거야."

권오늘은 내가 한 말의 숨은 뜻이 '걱정하지 마'라는 의
미임을 잘 알고 있을 것이다. 누구보다 똑똑한 애니까. 내가
할 일은 똑똑한 권오늘의 옆을 늘 그랬던 것처럼 지켜주는
것이다.

＊ ＊ ＊

체육관으로 향했다. 밤이 깊은 골목길에 럭키 체육관 간
판 불빛이 깜빡이고 있었다. 망할 때 망하더라도 안 관장님
한테 간판 조명만은 고치라고 얘기해 줘야겠다. 체육관이
폐허가 된 채 정리되기보다는 마지막 날까지 반짝반짝 빛
났으면 하는 바람이었다.

"관장님, 계세요?"

사람들로 활기찼던 낮과 달리 밤의 체육관은 고요했다.
나는 큰 소리로 다시 외쳤다.

"안행운 관장니임!"

"밤늦게 무슨 일이야?"

안쪽 사무실에서 관장님이 모습을 드러냈다. 열린 사무실 문틈으로 간이침대가 보였다. 사람들 말이 사실이었나 보다. 관장님이 돈에 쪼들려 옥탑방까지 내놓게 되어 잘 곳도 마땅치 않다는 소문이 돌았다. 나는 짊어지고 온 배낭을 풀어놨다.

"그게 다 뭐냐?"

"양념치킨이나 족발 아니니까 내쫓기 없기에요."

나는 집에서 갖고 온 마른반찬과 흑미밥, 참치김치볶음을 꺼냈다.

"이럴 때일수록 식사를 잘하셔야 해요."

서러울 때 사람을 일으키는 건 밥심이라고 할아버지는 편식하는 내게 귀에 딱지가 앉도록 잔소리를 해댔다. 그 가르침이 오늘에야 빛을 발하는구나. 가만히 보면 체육관에 발을 들여놓는 첫날부터 우리 할아버지는 내게 수많은 팁을 주었구나 싶었다.

혹시나 싶어 숟가락 젓가락을 챙겨 왔는데 잘했다 싶었다.

"너는 소불고기 하나 안 싸 오고서 무슨……."

나는 양심도 없고 쓸데도 없는 안 관장님의 말을 간단히 무시했다. 회원한테 공짜 밥 얻어먹기 부끄러워서 그러려니 생각하기로 마음먹었다.

"체육관 망해도 우리 집에 오시면 밥 드실 수 있어요."

괜찮다고 사양할 줄 알았는데 안 관장님이 알겠다며 엄지손가락을 내밀었다. 아무도 없는 체육관 구석 테이블에 도시락을 펼쳤다. 창문을 열고 밤하늘을 눈에 담았다.

"같이 먹을까?"

"관장님, 저 여기 살 빼려고 온 거 기억하시죠? 저녁 여섯 시 이후로 절대 아무것도 안 먹어요."

"흐흥, 그런데도 살 안 빠지는 것 보면 넌 체질이다. 좋은 거야."

안 관장님이 비웃음인지 단순한 콧바람인지 알 수 없는 소리를 냈다. 나는 개의치 않고 창밖에 펼쳐진 동네 풍경을 하나하나 읽어 내려갔다. 마음이 묘하게 편안했다.

"관장님은 언제부터 복싱을 하기로 마음먹었어요?"

"얻어맞는 순간."

"네에? 얻어맞아요?"

누구에게나 말하지 못할 비밀은 존재하기 마련이다. 그러나 복싱으로 메달을 따고 이력을 만들고 체육관까지 운영하는 관장님 입에서 나온 과거사라기엔 전혀 예상하지 못한 말이었다. 두들겨 패기만 하고 살았다고 해도 믿을까 말까인데 이건 무슨 궤변이람?

"난 잘 얻어맞는 애였어. 툭하면 맞았지. 가끔 그런 생각도 들었어. 전생에 동네북이었나? 하고."

관장님의 이야기를 들으며 작고 상처 입은 어린애를 떠올렸다. 멍투성이의 남자아이를. 그런데 왠지 그 아이는 맞으면서도 절대 울지 않았을 것 같았다. 나는 어린 안행운을 그려보며 '울지 마'라고 마음속으로 빌었다.

"그래서 나는 무하마드 알리가 되기로 결심했지."

무하마드 알리를 처음 본 순간 안 관장님은 제대로 살아갈 수 있는 길을 찾은 기분이었다고 고백했다. 맨몸으로 자신의 주먹만 믿고 힘껏 펀치를 날리는, 확신에 찬 움직임에 매료되었다고 했다.

"저는 훈련하는 모든 순간이 싫었습니다. 하지만 마음속으로 되뇌었죠. 남은 인생을 챔피언으로 살자."

무하마드 알리의 명언을 읊조리는 안 관장님은 멋있었다. 챔피언이란 단어를 듣는 순간, 사람들은 챔피언이 되기까지의 여정을 떠올리기보다 챔피언이 된 결과에 집착한다. 그러나 대회에 참가하기까지 훈련에 최선을 다했던 유미와 도석환을 곁에서 지켜본 나로서는 무하마드 알리의 그 말이 의미하는 바를 외면하기 어려웠다. 지켜보는 것만으로도 신물이 날 것 같은 훈련 과정에도 물러서지 않고 돌진하던 도석환, 후진할 생각 없이 무조건 전진하던 유미가 자랑스러웠다. 그리고 우리에게 꿈을 가르친 사람은 바로 안 관장님이었다.

나는 내 가슴팍을 손가락으로 꾹 눌렀다. 안 관장님이 얼마나 대단한 사람인지 똑똑히 전하고 싶었다.

"희망을 여기에 품어야 현실이 된다. 희망을 현실로 바꾸려고 인간은 노력이란 걸 하니까."

언젠가 안 관장님이 내게 했던 말을 성대모사했다. 노력이란 단어 앞에서 목소리가 삐끗했지만 상관없었다.

"제법이네, 우리 안나겸 회원님."

안 관장님이 웃었다. 눈도 입도 얼굴의 주름도 평소와 달리 느슨하게 풀어진 채였다. 줄넘기를 하고 스텝을 밟고 주먹을 휘두르며 내가 배운 것은 단순한 복싱 기술이 아닌 가슴에 희망을 단단히 품고 노력하는 일이었다.

"관장님, 저는 여기가…… 럭키 체육관이 참 좋아요. 이곳에 온 게 제 인생 최고의 행운 같아요."

오버 넘치는 낯간지러운 고백이었지만 사실이었다. 내 고백에 관장님은 대답하지 않았다. 어쩌면 당연한 소리라 대답할 가치도 없다고 생각할 수도 있겠다.

창문 너머로 도시의 밤이 빛나고 있었다. 내 곁에 앉아 밥과 반찬을 씹는 안 관장님의 소리가 정겨웠다.

안나겸의 물렁살 타파 복싱 도전기 Day 93

스트레이트: 주먹을 곧게 뻗어 상대를 타격하는 펀치

내가 흘린 땀만큼 공들인 시간만큼 주먹에 힘이 붙는다.

그 어떤 것도 감추지 않고 정직하게 앞으로, 스트레이트!

럭키 펀치

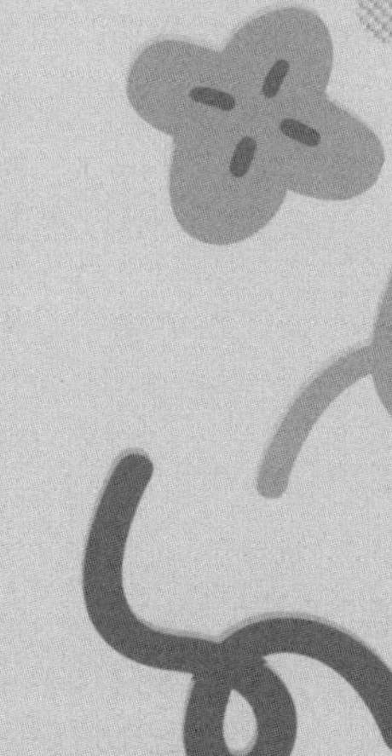

대회가 열리는 장소에 도착하자마자 아랫배가 싸했다. 긴장감에 우황청심환까지 사 먹었다. 안 그랬다간 대회장에 오는 길에 버스에서 토했을 확률이 백 퍼센트였다.

"사람이 독하네. 속이 그렇게 안 좋았으면서 어쩜 아프단 소리를 한 번도 안 하냐?"

투덜대는 권오늘에게 나는 딱 잘라 대꾸했다.

"대회 앞두고 징징댔으면 정떨어졌을 듯."

평소 권오늘의 말투를 흉내 냈다. 솔직히 권오늘도 나처럼 긴장했을 것이다. 오는 길 내내 휴대폰으로 시간을 수십 번은 더 확인했으니까. 권오늘은 시험 보는 날에도 절대 시간 확인을 하지 않는다. 자기 몸이 시험이 시작하는 시간과 끝나는 시간을 안다고 했다. 그런 권오늘이 분 단위로 휴대폰을 뚫어져라 쳐다본다는 것 자체가 놀라운 일이었다.

"너무 일찍 왔나? 경기 시작하기도 전에 긴장해서 탈진할 것 같다."

내가 마음 약한 소리를 뱉자 권오늘의 반듯한 이마가 일그러졌다.

"야, 안나겸. 나약한 소리 하지 마. 링 위에 올라간 건 이유미랑 너지만 쓰리 걸스는 언제나 함께 호흡하고 뛰는 거야. 알겠지?"

알다마다! 간밤에 나는 유미가 절대 경기를 포기하는 일 없이 다치는 일 없이 링 위에서 제 기량을 잘 발휘하게 도와달라고 세상의 모든 신께 돌아가며 기도했다. 인생의 힘든 고비마다 잊고 있던 신이 나타난다는 할아버지의 말이 옳았다. 잘살고 있다가 힘들 때 한 번쯤 부르면 신은 호기심에라도 '어? 쟤가 무슨 일로 날 부르지?' 하며 기도를 들어준다고 할아버지가 알려줬다. 나는 오늘 그 우연에 기대어 보기로 결심했다. 신이 내 말을 들어주는지 안 들어주는지 말이다.

대회장 규모가 어마어마했다. 중앙에 네 개의 링이 설치되어 있고 그 주위를 관중석이 에워싼 구조였다.

“도석화니!”

도석환의 경기가 막 시작되었다. 링 위에 오르는 도석환을 보고 있자니 나도 모르게 무릎을 꿇고 성호를 긋고 싶은 마음이 들었다. 도석환 이름을 부르자 입이 바싹 말라 더 이상의 응원이 어려웠다. 반면에 권오늘은 무서운 기세로 도석환을 향해 고래고래 악을 썼다.

“도석환! 다 쓸어버렷!”

권오늘이 이토록 호전적인 줄은 오늘 처음 알았다. 그러나 이를 능가하는 여자애가 우리 앞쪽에 자리 잡고 있었다.

“도석환! 몽땅 발라버려!”

언뜻 봄꽃 같은 여자애였다. 작고 하늘거리는 모습과 달리 응원 멘트가 강렬했다. 다시 보니 꽃이 아니라 단단한 호두 같은 애였다. 도석환이 언젠가 말했던 치어리딩을 한다는 여자애가 분명했다. 그 옆에 도석환만큼 큰 덩치를 자랑하는 남자애가 있었다. 대회장 풍경에는 관심이 없는지 남자애의 시선은 오로지 악을 쓰며 도석환을 응원하는 여자애에게만 가 있었다. 흥분해서 팔딱거리는 여자애의 어깨를 두 손으로 꾹 눌러 자리에 앉히는 남자애를 보며, 누군가의 무게를 짊어질 수 있다는 확신을 심어주는 건 저런 작은 손놀림이 아닐까라는 생각이 들었다.

　1라운드부터 도석환의 활약은 눈부셨다. 하지만 2라운드가 시작되자 독기를 품은 상대방은 마치 딴사람이 된 듯 도석환을 괴롭혔다. 독기와 광기가 어우러진 경기였다. 도석환이 연타로 눈가에 펀치를 맞자 앞자리에 앉은 여자애와 내가 동시에 자리를 박차고 일어났다. 도석환의 얼굴이 붉게 물들었다. 눈가가 찢어졌나 보다. 시간이 흐를수록 도석환에게 불리한 경기가 될 것이다. 눈이 부으면 시야 확보가 어려울 테니까.

　"야이, 도석화니! 끝내버려!"

　내 안에서 이렇게 짐승 같은 울부짖음이 터져 나올 줄 나도 몰랐다. 호두 같은 여자애가 나를 돌아보고 웃었다. 부끄러웠지만 나도 마주 웃어 보였다.

　도석환은 전체 라운드를 뛸 필요가 없었다. 3라운드에서 상대를 향해 날린 어퍼컷이 제대로 들어갔다. 도석환은 럭키 체육관에 첫 KO승을 선사했다.

　"꿰에엑!"

　분명 '장하다, 도석화니!'라고 외칠 심산이었는데 내 입 밖으로 흘러나온 건 흡사 멧돼지 같은 비명 소리였다. 권오늘은 내 비명을 듣더니 대놓고 웃어댔다.

　경기 내내 도석환을 응원하던 여자애가 뒤를 돌아 나를

쳐다보더니 엄지척을 해 보였다. 나는 여자애에게 손을 내밀었다. 통성명을 하지 않았어도 우리는 마치 서로가 누구인지 아는 사람들처럼 악수를 했다.

KO승을 알리는 심판이 도석환의 팔을 번쩍 들었다. 누구보다 뜨겁게 도석환의 우승을 축하하고 싶은 마음에 손이 터져라 박수를 쳤다. 링에서 내려온 도석환은 가장 먼저 관중석 쪽으로 달려왔다. 눈가에 흐르던 피가 멎어 있었다. 피딱지가 앉은 눈을 하고 도석환이 호두 같은 여자애와 그 곁을 지키던 남자애에게 고갯짓으로 인사한 뒤 나에게 왔다. 퉁퉁 부은 눈이 가관이었다. 크고 까맣던 도석환의 눈동자를 볼 수 없을 정도였으니까. 그러나 도석환이 웃고 있다는 건 짐작할 수 있었다.

"왜 웃냐? 나 보여?"

제 눈앞에 손을 흔들어대는 내 손을 도석환이 잡았다. 그리고 말했다.

"응. 너는…… 보여, 안나겸."

✳ ✳ ✳

권오늘이 경기 시작 전에 유미를 보고 오자고 했지만,

나는 거절했다. 경기 전에 유미를 봤다간 다리가 풀려서 응원할 수 없을 것 같은 기분이 들었다. 만감이 교차했다. 복싱을 시작하면서 진짜 유미를 만났다는 생각을 했다. 이제는 내 차례였다. 늘 나와 함께해 주던, 나를 다독이고 뭐든 양보해 주던 유미를 이제는 내가 응원하고 지켜봐 줄 타이밍이다.

"음료수 마실래?"

내 입술을 본 권오늘이 이온 음료를 권했다. 나는 고개를 가로저었다.

"너, 입술…… 말랐어."

"괜찮아. 침 바르면 돼. 음료수 마시면 경기 보다가 바지에 오줌 쌀 거 같아."

여자부 플라이급 경기가 시작되었다. 결승까지 올라가기 위해 유미가 몇 번의 승리를 거머쥐어야 하는지 생각하기도 싫었다. 승리한다는 것은 셀 수 없을 만큼 수많은 공격을 막아내야 한다는 것과 동시에 거센 주먹도 수없이 맞아야 한다는 뜻이었으니까.

경기 시작과 동시에 유미가 상대 선수에게 한 방 맞았다. 상대의 훅 동작은 노련하고 깔끔하게 유미의 옆구리에 명중했다. 나까지 맞은 느낌이 들어 숨이 멎었다. 유미가 휘청거렸다.

나는 경기장이 떠나가라 목청껏 소리쳤다. 악을 썼다는 표현이 더 정확하겠다.

"이유미! 넘어지더라도 앞으로, 앞으로 넘어져!"

주위에 있던 몇몇 사람이 나를 흘끔거렸다. 그들 눈에 나는 이상할 것이다. 스트레이트도 훅도 파이팅도 아니고 앞으로 넘어지라니!

"오네상! 타이밍!"

권오늘이 자리에서 벌떡 일어나더니 허공에 주먹을 휘둘렀다. 다리에 힘이 풀려 일어서서 응원할 기운이 남아 있지 않았다. 자리에 앉아 링 위를 노려보았다. 유미의 동작 하나하나가 슬로모션으로 눈에 들어왔다. 그때 안 관장님과 운동하면서 나눴던 말이 귓가에 환청처럼 메아리쳤다.

"네 타이밍을 기다려. 비록 한 대 맞는 순간이 오더라도 숨을 고르고 제대로 펀치를 날릴 네 타이밍을 준비하는 거지. 그럼 되는 거야."

단순한 말이 진리가 되는 순간이었다. 나는 나에게 다가올 수많은 순간에 대해 상상하기 시작했다. 짜릿하고 뜨거운 그 순간을!

가드를 올리고 기회를 노리던 유미가 묵직한 한 방을 날렸다. 상대를 속이는 페이크 동작은 빠르고 간결했다. 그리고 자신 있는 움직임은 링 위의 시간이 온전히 유미의 편이라는 것을 확신하게 했다.

"유미야, 가자!"

권오늘이 자리를 박차고 일어나 허공으로 주먹을 찌르고 야단이었다. 절대 흥분 같은 건 하지 않는 애라고 생각했는데 오롯이 내 착각이었다.

"그래, 유미야. 집으로 가자!"

나도 응원의 목소리를 보탰다. 권오늘이 홱 나를 돌아보더니 가자미눈을 했다.

"야, 안나겸! 집으로 왜 가니? 이유미! 시상대 제일 꼭대기로 가!"

역시 성적 상위권을 놓치지 않는 권오늘다웠다. 오늘의 승패는 중요하지 않았다, 적어도 나에게는. 우리는 뜨겁게 살고 있다. 하루하루 최선을 다해서 나만의 페이스대로 성실하게 나의 인생을 가꾸고 있다.

2라운드가 끝났다. 2라운드 막바지에 상대가 날린 훅에 맞은 유미의 눈가가 부풀어 있었다. 부어오른 눈을 하고 유미가 관중석 쪽으로 시선을 옮겼다. 나는 있는 힘껏 소리쳤다.

"이유미! 다정한 주먹이야, 잊지 마!"

통통 부은 얼굴을 하고도 웃는 유미는 근사했다. 내 말을 알아들었는지 연신 고개를 끄덕였다.

안 관장님이 그랬다. 개인주의가 팽배한 이 사회에서 다정할 수 있다는 건 건강하다는 뜻이라고.

"우리가 휘두르는 주먹은 다정한 주먹이다. 알겠니?"

배우는 동작마다 어설픈 내게 관장님은 다정한 주먹이라는 기묘한 위로를 건넸다. 살면서 그런 주먹은 듣도 보도 못했다고 사기 아니냐며 툴툴거렸지만, 사실 나는 다정한 주먹이란 표현이 마음에 들었다.

다정한 주먹을 가져야지. 마구 휘둘러도 그 누구도 다치지 않게, 넓게 뻗은 주먹을 펴서 더 많은 사람을 끌어당겨 안아줘야지. 안긴 사람이 내 편이어도 좋고 내 편이 아니어도 괜찮다. 그래야 그 품 안에 내가 가진 모든 모습을 끌어안아 줄 수 있을 테니까.

3라운드 시작을 알리는 종이 울렸다. 마우스피스를 끼고 새로운 라운드를 뛸 링을 향해 씩 웃는 유미가 아름다웠다. 저토록 환한 미소를 지을 수 있으니 오케이다. 나는 유미가 이겨도 괜찮고 혹여 져도 괜찮다. 중요한 것은 유미가 새로운 도전을 시작했다는 사실이었다. 그리고 나는 유미의 도전을 열심히 지켜볼 예정이다.

상대를 보며 거리를 조절하는 유미의 스텝에 가속도가 붙기 시작했다. 유미는 자신만의 리듬으로 스텝을 밟았다. 그리고 유미의 마지막 펀치가 상대방을 향해 날아갔다. 링 위의 눈부신 조명이 유미의 주먹을 비췄다.

＊ ＊ ＊

안 관장님 가라사대, 복싱에서 뽀록은 없다! 땀 흘리지 않고 얻는 강펀치는 존재하지 않는다는 것이 관장님 지론이었다. 속이 꽉 찬 묵직한 주먹을 가지라며 안 관장님이 내 손에 손수 글러브를 끼워주었다. 관장님 멘트에 감동을 받아서 그런지 아님 긴장감 때문인지 속이 울렁거렸다.

"관장님, 저…… 잘할 수 있겠죠?"

겁난다는 속엣말은 입 밖으로 꺼내지 않았다. 예전의 나라면 그 말부터 먼저 했을 것이다. 헤드기어를 매만져 주던 안 관장님이 두 손으로 내 뺨을 감쌌다. 헤드기어가 갑갑하게 느껴졌다. 링 위에 오르기도 전에 호흡이 가빴다. 숨이 턱을 치고 올라왔다.

"지면…… 쪽팔려서 어떡해요?"

마주한 관장님의 눈동자는 사뭇 진지했다. 초조함에 쉴

새 없이 눈을 깜빡거리는 나와 달리 관장님은 나를 뚫어져라 주시하더니 웃음기 싹 뺀 낯으로 말했다.

"안나겸, 너한테 더는 팔릴 쪽이 없다."

굳은 얼굴로 농담을 하니 안 관장님이 호러물의 주인공처럼 다가왔다. 심박수는 미친 듯이 치솟는데 몸은 싸늘하게 식어가는 기분이었다.

"넌 절대 쪽팔릴 일 없어. 링 밖에서 늘 웃었잖니."

이제야 안 관장님이 나를 보고 웃었다. 그 미소에 경기를 뛰기도 전에 눈물을 한 바가지 쏟는 줄 알았다. 안 관장님의 저 말이 나를 둘러싸고 있던 긴장감을 와르르 발아래로 무너뜨렸다.

안 관장님은 새벽 특훈 때마다 날 웃게 했다. 아무리 숨이 차고 체력적 한계가 와도 "웃어!"라고 외쳤던 까닭이다. 그것은 '힘내'나 '파이팅'의 또 다른 이름이었다. 노력하는 자는 즐기는 자를 못 이긴다고, 그 말이 사실인지 여부는 내 두 주먹에 달렸다. 그리고 즐기는 자는 모든 어려움을 참고 버티며 끝내 이겨낸 사람이었다. 이제 내 차례다. 링 위의 주인공이 될 시간이 왔다.

* * *

럭키 체육관 간판이 내려졌다. 정들었던 건물 입구에 자물쇠가 걸렸다. 본격적인 재개발이 시작되었다.

"보통은 그냥 간판 버리고 가지 않나?"

유미가 물었다.

"쓸데없는 걱정. 관장님이 알아서 하시겠지."

안 관장님이 오래된 간판을 내린 이유를 나는 어렴풋이 알겠다. 이 간판이 비바람을 맞고 선 수많은 세월 동안 체육관에 드나든 사람들과의 땀과 노력, 추억을 기억하고 싶은 까닭이 아닐까?

"그나저나 다행이다. 체육관이 사라지지 않아서."

안도의 한숨이란 것이 절로 나왔다. 울고불고 난리 쳤던 것이 계면쩍게도 럭키 체육관은 재개발 지역과 길 건너 신도시 경계 사이에 위치한 새 건물로 이전했다. 걱정하지 말고 자신만의 스텝을 밟고 있는 힘껏 주먹을 내지르라는 관장님의 말에 힘이 실렸던 이유는 안 관장님이 우리 모두의 예상과 달리 숨은 재력가였다는 데에 있었다.

"뭐야? 관장님 재벌 아들이었어?"

"재벌 아들은 아니지만 작은 건물이 있다. 그러니까 다음

주부터 그쪽으로 가서 하던 운동을 계속 쭈욱 하시면 된다.”

안 관장님의 목소리에 놀라 주저앉을 뻔했다. 발걸음이 워낙에 가벼운 관장님이 소리 없이 내 등 뒤로 나타나서 이전하는 체육관 위치를 설명해 주었다.

우리는 고개를 들어 사다리차를 주시했다. 공중에서 조심스레 옮겨진 럭키 체육관 간판은 하늘에서 지상으로 내려왔다. 그 모양새가 꼭 바닥이 아닌 내 가슴으로 날아드는 것 같았다. 괜히 울컥한 마음이 들었다. 인생의 한 챕터가 끝나고 새로운 챕터가 시작되기 직전의 설렘과 기대감, 뿌듯함이 교차했다.

“가자.”

내 말이 신호탄이 되어 모두 함께 새로운 럭키 체육관으로 몸을 돌렸다. 골목을 벗어나기 전 옛 건물을 두어 번 돌아보았다. 미련은 아니었다. 뜨거웠던 추억에 대한 예의였다. 그리고 또 다른 시작을 멋지게 해내겠다는, 지난날의 럭키 체육관에 보내는 다짐이자 약속이었다.

“교통이 훨씬 편리하네. 버스 정류장 바로 앞이잖아.”

권오늘이 새 건물을 바라보며 역세권에 위치한 체육관의 장단점을 읊어댔다. 나는 아무래도 좋았다.

“너희는 생긴 게 제비상도 아니고 박 씨가 한 명도 없는데 꼭 나한테 행운의 박씨 같다.”

“아재 개그 마세요. 새 회원도 모집해야 하는데 아재 개
그 노, 노.”

안 관장님은 건물 밖에 나와 구 건물에서 챙긴 럭키 체
육관 간판을 기다리고 있었다. 곧이어 간판을 실은 트럭이
도착했다.

“돈도 있는 것 같은데 새 건물에 새 간판으로 하시지.”

권오늘이 안 관장님에게 권유했다. 안 관장님은 사다리
차에 실리는 간판을 다시 한번 꼼꼼히 확인한 후에 기사님
에게 오케이 사인을 보냈다. 다시 간판이 하늘을 날듯이 천
천히 허공을 향해 올라갔다. 비상하는 간판을 보며 이상하
게 가슴이 뜨거워졌다.

“우리는 역사가 될 거다.”

안 관장님이 고개를 올려 사다리차를 보며 독백하듯 말
했다. 관장님이 말한 역사가 뭔지는 몰라도 나는 분명 그
역사의 한 부분이 될 것이다. 우리는 3층으로 올라갔다. 엘
리베이터가 있는 건물이었지만 늘 그랬듯 계단으로 뛰어
올라갔다. 습관이 이렇게 무서운 거다.

체육관 문을 열자 새 건물 냄새가 코끝에 확 밀려들었
다. 얼마 지나지 않아 이 공간도 땀 냄새로 짙게 물들어 갈

것이다.

“새로 이사했는데 자장면 시킬까?”

안 관장님의 입에서 흘러나온 뜻밖의 소리에 나는 질 겁했다. 설마 자장면을 시키고 나를 이 체육관에서 내쫓으려는 속셈인가? 유미 역시 놀란 눈으로 나를 돌아봤다. 럭키 체육관에 처음 발을 들여놓던 날 만났던 아줌마들을 떠올렸다. 족발과 맥주의 유혹을 이기지 못한 아줌마 회원들……. 나는 자장면에 무릎 꿇지 않을 테다.

“안 먹어요! 대신 스파링 상대해 주세요.”

안 관장님의 인중이 씰룩거렸다. 재채기라도 하나 싶었는데 곧이어 이를 드러내는 웃는 모습에 하마터면 뒷걸음질 칠 뻔했다.

황금 글러브를 집어 들었다. 언젠가 이 황금 글러브에도 오랜 연습의 흔적이 남겠지. 글러브가 손에 착 감겼다.

“안나겸, 펀치 한 방 멋지게 날려.”

유미가 날 향해 두 팔을 들어 올리며 응원했다. 발그레한 얼굴빛이 그 어느 때보다 건강해 보였다. 그 옆에 선 권오늘도 씩 웃으며 내게 격려의 눈빛을 보냈다.

이제 링 위에 오를 시간이다. 링 위에서 쪽팔리지 말고 링 밖에서 쪽팔리라며 훈련을 독려했던 안 관장님의 외침이 다리와 어깨, 팔, 그리고 주먹을 감쌌다.

움츠러들지 않을 자신이 있었다. 겁을 먹거나 눈을 깜빡이지 않을 것이다. 나만의 자세를 잡고 수많은 날 반복했던 스텝을 복기하며 자신 있게 주먹을 뻗을 테다. 나의 주먹은 다정하겠지. 휘두르면 휘두를수록 세상을 향해 더더욱 다정해지는 내 주먹이 좋다.

내 펀치에 이름을 붙여준다면 뭐라고 해야 할까? 럭키 펀치! 관장님에게 묻고 싶다. 안 관장님한테 나는, 우리는 행운이었을까?

오늘이 정말 좋다.

 **안나겸의 행운 가득 복싱 도전기 Day ∞**

KO: 상대가 다운되어 승패를 결정짓는 가장 명확한 끝맺음

복싱을 하면서 완벽한 결말을 배웠다.

상대를 읽고 공격과 방어를 하면서

나 자신을 보호할 때와 과감히 맞붙을 때를 알게 되었다.

치고 빠지는 것이 아니라

주먹을 휘두르면서 앞으로 나아가는 방법을 깨달았다.

현재 몸무게는 변화 없음.

그러나 내 영혼의 무게는…… 과체중.

Don't quit.
Suffer now and live the rest of your life as a champion.
포기하지 마라. 지금 살아남아 남은 네 삶을 챔피언으로 살아라.
-무하마드 알리

가위바위보를 하면 늘 주먹을 냈다. 분명 다른 것을 내야지 결심했음에도 습관처럼 주먹만 내밀었다. 마치 다른 건 낼 줄 모르는 사람처럼 말이다. 그래서 내 패턴을 읽은 사람들과 가위바위보를 하면 늘 졌다.

왜 나는 허구한 날 주먹만 내밀었을까? 지금 생각해 보면 답은 하나였다.

잘 살고 싶었다.

잘 살기 위해서는 힘을 내야만 했다. 힘을 내기 위해서 뭔가를 시작하거나 도전할 때면 일단 두 주먹을 불끈 쥐었다.

그렇다고 내 주먹이 남달리 특별한 것도 아니다. 나는 누가 봐도 작은 주먹을 갖고 있다. 어릴 때 내 주먹을 본 어르신들은 종종 이런 말을 했었다.

"하이고, 저 쪼매난 손으로 밥도 먹고 학교 가서 공부도 하고 제 방 청소도 하나?"

'쪼매난' 주먹은 생각보다 야무졌다. 그렇게 불끈 쥐고 기합을 넣던 주먹을 풀면서 나는 세상을 배우고 주위 사람들과 손잡는 법을 천천히 배웠다.

잘해야지 결심하면서 꽉 쥐었던 주먹은 누군가를 만나 악수를 청하고 함께 일을 하면서, 상대의 어깨를 두드리거나 무거운 짐을 함께 나눠 들면서, 오히려 힘이 더 세졌다. 작은 주먹은 함께일 때 더 단단해졌다. 이런 주먹이 모인다면 세상살이 아무리 어렵고 험난해도 잘 이겨낼 수 있지 않을까라는 확신이 생겼다.

작품을 쓰면서 예전에 사용했던 파란 글러브를 다시 꺼냈다. 복싱을 처음 시작했을 때 땀을 쏟으면서도 버텨낼 수 있었던 건 함께 훈련했던 지인들 덕분이었다. 희한하게도 줄넘기를 하고 주먹을 휘두를수록 복싱 기술이 늘기보다 주변 사람들과 운동하면서 나눴던 이야기에 영혼이 살찌고 단단해지는 기분이었다. 어쩌면 나는 상대에게 물리적 타격을 주는 펀치보다 타인의 마음을 뒤흔들 펀치를 그때부터 꿈꾸고 있었던 것이 아닌가 싶다.

『럭키 펀치』를 쓰면서 내가 소원했던 건 딱 하나였다. 시트콤 같은 이야기가 되기를! 이야기를 읽으며 독자들이 많이 웃고, 실컷 웃고, 실없이 웃어서 마음이 한결 따뜻해지기를. 그래서 이 이야기의 끝자락에 다다랐을 때 '아, 오늘 좋네'라는 생각이 든다면, 내가 독자들을 향해 휘두른 오늘의 펀치는 럭키 펀치가 되지 않으려나?

으랏차차, 이송현

럭키 펀치

초판 1쇄 발행 2026년 2월 9일
초판 2쇄 발행 2026년 3월 20일

지은이 이송현
펴낸이 김선식

부사장 김은영
콘텐츠사업본부장 임보윤
책임기획 이나영 **책임편집** 이나영 **책임마케터** 이고은
콘텐츠사업10팀장 강혜진 **콘텐츠사업10팀** 정지혜
마케팅사업1팀 이고은, 지석배, 최민경, 김은지 **홍보1팀** 김민정, 홍수경, 변승주
브랜드사업본부장 정명찬 **브랜드홍보팀** 오수미, 서가을, 박장미, 박주현
영상홍보팀 이수인, 염아라, 이지연, 노경은
편집관리팀 조세현, 김호주, 백설희 **저작권팀** 성민경
재무관리팀 하미선, 임혜정, 이슬기, 김주영, 오지수
인사총무팀 강미숙, 김재경, 김혜진, 김주림, 황종원
제작관리팀 이소현, 김소영, 유미애, 이지우, 이승협
물류관리팀 김형기, 김선진, 주정훈, 양문현, 채원석, 박재연, 이준희, 최대식
외부스태프 디자인 형태와내용사이 **일러스트** 단디스튜디오

펴낸곳 다산북스 **출판등록** 2005년 12월 23일 제313-2005-00277호
주소 경기도 파주시 회동길 490
전화 02-704-1724 **팩스** 02-703-2219 **이메일** dasanbooks@dasanbooks.com
홈페이지 www.dasan.group **블로그** blog.naver.com/dasan_books
종이 스마일몬스터 **인쇄** 민언프린텍 **코팅 및 후가공** 제이오엘앤피 **제본** 다온바인텍

ISBN 979-11-306-7449-0 (43810)

- 책값은 뒤표지에 있습니다.
- 파본은 구입하신 서점에서 교환해 드립니다.
- 이 책은 저작권법에 의하여 보호를 받는 저작물이므로 무단 전재와 복제를 금합니다.

다산북스(DASANBOOKS)는 독자 여러분의 책에 관한 아이디어와 원고를 기쁜 마음으로 기다리고 있습니다.
책 출간을 원하는 아이디어가 있으신 분은 다산북스 홈페이지 '투고 원고' 항목에 출간 기획서와 원고 샘플 등을
보내주세요. 머뭇거리지 말고 문을 두드리세요.